Über dieses Buch Eine behutsame Liebesgeschichte. Eleanor, frisch von der High School heiratet Hartley, einen aufstrebenden und ehrgeizigen Banker. Während der gleichförmig gewordenen Ehe beginnt sie zu schreiben. Ihr erster Roman wird sofort ein großer Erfolg. Die Ehe gerät dadurch in eine Krise und zerbricht. –
Eleanor widmet sich nun völlig ihrer Karriere und wird schließlich eine berühmte Schriftstellerin. Als Frau lebt sie einsam und isoliert. Verhärtet erkennt sie beinahe zu spät die Zuneigung eines Mannes. Doch langsam wandelt sie sich und erfährt ein neues Glück.

Die Autorin Pearl S. Buck, 1892 in West Virginia/USA geboren, kam mit ihren Eltern, die in der Mission in China tätig waren, im Alter von fünf Monaten nach China. Dort verbrachte sie, mit Unterbrechung ihres Studiums in England, 40 Jahre ihres Lebens. 1930 schrieb sie ihr erstes Buch ›Ost Wind, West Wind‹, 1931 ›Die gute Erde‹, für das sie den Pulitzerpreis erhielt. 1938 bekam die Autorin als erste amerikanische Frau den Nobelpreis. Zahlreiche Romane, Erzählungen, die überwiegend in Ländern des Fernen Ostens spielen und religiöse sowie ethische Probleme zum Inhalt haben (Triumph der Menschlichkeit) folgten. 1973 starb Pearl S. Buck in Danby/Vermont/USA.
Von der Autorin sind im Fischer Taschenbuch Verlag außerdem lieferbar: ›Land der Hoffnung, Land der Trauer‹ (Band 8325), ›Wie Götter werden‹ (Band 8334), Zurück in den Himmel‹ (Band 8336), sowie ›Die Frauen des Hauses Wu‹ (Band 8387).

Pearl S. Buck

Die Frau, die sich wandelt

Roman

Aus dem Amerikanischen von
Anke Schmidt

Fischer Taschenbuch Verlag

Ungekürzte Ausgabe
Veröffentlicht im Fischer Taschenbuch Verlag GmbH,
Frankfurt am Main, Dezember 1989

Lizenzausgabe mit freundlicher Genehmigung von
Albert Langen · Georg Müller Verlags GmbH, München · Wien 1980

Umschlaggestaltung: Manfred Walch
Druck und Bindung: Clausen & Bosse, Leck
Printed in Germany
ISBN 3-596-28329-9

I

Eleanor Dane stand im Hintergrund ihres kleinen Eßzimmers und betrachtete den für zwei Personen gedeckten Tisch. Ihr dunkelhäutiges Dienstmädchen beobachtete sie voller Neugier. »Ich denken bei Tisch decken, wenn ich setzen Sie beide nebeneinander, so Sie sehen Mond über Stadt aufgehen.«

Eleanor schüttelte den Kopf. Ihre Lippen zuckten mit einem Lächeln, das sie nicht zeigen wollte. »Mattie, das klingt so harmlos, daß ich es kaum glauben mag. Du weißt ganz genau, warum du uns nebeneinandersetzt. Mond über der Stadt! Ich habe nicht die Absicht, neben Kurt zu sitzen – es hat auch keinen Sinn, Mattie. Du hättest dir die Mühe sparen können!« Sie lachte nun herzlich. »Ich bin ein gebranntes Kind, Mattie, und scheue ein für allemal das Feuer!«

»Ach je, Miss Eleanor«, jammerte Mattie. »Ich das nicht mehr hören kann. Das mich bringen um!« Sie stürzte trotzig aus dem Zimmer, wobei sie das Handtuch durch die Luft sausen ließ, mit dem sie die schweren schwedischen Weingläser poliert hatte.

Mit einem nachdenklichen Lächeln schaute Eleanor Dane auf die beieinanderliegenden Gedecke und schob eines rasch an das untere Ende des schmalen, rechteckigen Tisches. Sie wollte am Kopfende sitzen, Kurt saß

dann zu ihrer Rechten. Und was den Mond betraf...
Es wurde stürmisch an der Tür geläutet. Das konnte nur Kurt sein, er drückte immer fest auf die Klingel. Sein Läuten war unverwechselbar, aber eigentlich gab es für sie keinen Vergleich, denn sie hatte kaum Freunde. Man kannte sie zwar, und viele wußten ihren Namen, aber dennoch bekam sie keinen Besuch. Ihr fiel der Brief ein, den sie heute morgen von einem jungen Mädchen erhalten hatte. »Ich weiß, daß Sie sehr beschäftigt sind, und möchte deshalb nicht aufdringlich erscheinen«, so stand darin zu lesen, »und Sie in Ihrem wunderbaren Leben stören.«
Ja, sie arbeitete viel – aber war es ein wunderbares Leben? Sie lebte ganz allein. »Ich bin sehr glücklich«, gestand sie sich ein.
Mattie hatte die Wohnungstür geöffnet, und sie hörte sie freundlich sagen: »Miss Eleanor auf Sie warten, Mr. Stenson.« »Danke«, erwiderte Kurts tiefe Stimme.
Eleanor legte schnell den Dessertlöffel hin und kam aus dem kleinen Eßzimmer.
»Ich habe nicht gewartet«, begrüßte sie Kurt und sah ihn gut gelaunt an. »Um ehrlich zu sein, ich habe den Tisch fertig gedeckt.« Sie bemerkte, wie Mattie die Augen verdrehte.
»Bring uns die Cocktails, Mattie«, sagte sie.
»Ja, Madam«, erwiderte das Mädchen störrisch.
»Nimm Platz, Kurt«, bat sie.
Doch Kurt blieb in voller Größe und abwartend stehen.
»Wo möchtest du sitzen, Eleanor?« Er hatte seine eigene Art, ihren Namen auszusprechen, was ihr gefiel.
»Warum?« fragte sie.

»Bevor du nicht sitzt, weiß ich ja nicht, wohin ich mich setzen soll.«
Das heißt also, so ging es ihr schnell durch den Kopf, sie brauchte nicht auf der Couch Platz zu nehmen, wo Kurt sich bestimmt neben sie setzen würde. Sie wählte den tiefen blauen Sessel. Nun mußte er allein auf der Couch sitzen, ohne sie. Er schaute auf sie, versunken im weichen Sessel, hinunter. »So«, stellte er fest. Er beugte sich vor, legte seine Hände auf die Sessellehne und zog ihn näher an die Couch heran.
Sie lachte und sah ihn erwartungsvoll an.
»Und nun«, begann er, »nun werde ich dir ...«
»Das Abendessen ist in wenigen Minuten fertig«, unterbrach sie ihn. »Es hat also keinen Sinn, ›und nun‹ zu sagen!«
»Ein paar Minuten genügen mir«, erwiderte er. »Sie genügen mir völlig, denn nach dem Essen werde ich das Ganze wiederholen.«
»Oh, Kurt«, rief sie. »Nein!«
»Eleanor«, gab er zur Antwort, »ich bin fest entschlossen, und nichts kann mich mehr aufhalten. Zum sechsten Mal und genau heute, am dritten Jahrestag unseres Kennenlernes, frage ich dich: Willst du mich heiraten?«
Eleanor war darauf gefaßt, und ihre bestimmte, doch verständnissuchende Antwort hieß: »Nein, Kurt!«
»Noch immer nein?« Er starrte sie an, und seine stahlblauen Augen, die er von seinen seefahrenden skandinavischen Vorfahren geerbt hatte, durchbohrten förmlich ihre grauen Augen.
»Noch immer nein!« antwortete sie mit klarer Stimme und fügte hinzu, »und für immer – nein, Kurt.«

»Nicht für immer!« wehrte er ab und stand hastig auf. »Vorläufig nur bis nach dem Abendessen. Ich habe Hunger und du sicher auch, und nachher fühlen wir uns gewiß besser. Komm, wir wollen essen.«
Sie gab keine Antwort, stand auf und ging mit ihm in den Nebenraum. Sie war fest entschlossen, ihm nach dem Abendessen in aller Freundschaft ihren Standpunkt klarzumachen, daß er zwischen zwei Frauen zu wählen habe: der Frau, die sie jetzt war, und der Frau, die sie sein würde, wenn sie ihn heiratete. Entschied er sich für sie als Ehefrau, dann würde er gleichzeitig auf ihre ganze Persönlichkeit verzichten müssen; denn sie hatte längst gewählt. Ihre Entscheidung stand fest: Sie wollte das bleiben, was sie war, nämlich sie selbst, Eleanor Dane, Schriftstellerin, Romanautorin, sonst nichts – nichts anderes mehr nach jenen unerträglichen Jahren mit Hartley.
»Kurt, würdest du bitte hier rechts von mir Platz nehmen?« sagte sie gelassen. Der kleine Eßraum sah an diesem Abend wunderschön aus: Kerzenlicht, schweres Silber, funkelnde Gläser, das brokatweiße Tischtuch, die geöffnete Terrassentür und dazu, schwarz-weiß gekleidet, die wartende Mattie.
»Miss Eleanor ... « Matties Stimme klang honigsüß, »soll ich nicht decken für Sie und Mister Kurt Seite an Seite? Sie dann sehen Mond aufgehen heute abend.«
Kurt stimmte begeistert zu: »Das ist eine gute Idee, Mattie. Sehr gut!«
Mattie sah Eleanor triumphierend an. »Sie auch lieben Mond, weiß ich.«
Für einen Augenblick war Eleanor wütend, doch dann

überwand sie sich und meinte lachend: »Wollen wir uns nicht setzen, Kurt?«
Mattie sollte nicht die Oberhand gewinnen.
Und auch der Mond nicht. Als Mattie die Salatplatte brachte, flüsterte sie: »Sehen Sie, Miss Eleanor, da! Der Mond!« Sie blickten hoch. Über den Dächern verbreitete sich ein Glühen, wie das Vorspiel einer Musik.
»Schon gut, Mattie. Du bist entsetzlich sentimental. Kurt, möchtest du noch Essig und Öl?«
»Einen Augenblick«, wehrte Kurt ab und legte seine Hand auf ihre Hand.
Sie saß da und wehrte sich innerlich gegen alles. Das Glühen wurde stärker. Ein Stück des Mondes, einem goldenen Streifen gleich, stieg über den Dächern empor und wurde voll und rund. Sie zog ihre Hände weg, was Kurt nicht zu bemerken schien.
»So habe ich ihn schon oft gesehen«, sinnierte er. »Über der Südsee und auch über den Schneefeldern im Norden, und jedesmal hüpft meine Herz vor Freude.«
»Möchtest du noch Essig und Öl, Kurt?« drängte sie.
Der Mond hatte in ihrem Leben genug Schaden angerichtet.

»Also, noch einmal, du willst mich nicht heiraten«, sagte Kurt nach dem Essen.
Sie hatte, als Abwehr gegen den Mond, alle Lichter angemacht. In ihren modernen Zimmern brannten keine verdeckten Lampen, sie strahlten gleißend aus Metallröhren, ohne Schimmern und ohne Schatten. Als sie vor drei Jahren Hartleys Haus verlassen hatte, wünschte sie sich eine völlig andere Wohnung, die keinerlei

Ähnlichkeit mehr haben sollte mit diesem alten, säulen geschmückten Haus in Virginia. New York, modern – das war ihre Vorstellung.
»Also, noch einmal, ich will dich nicht heiraten«, erklärte sie.
»Ich kann das nicht begreifen«, sagte Kurt und war nicht gekränkt, so schnell konnte man ihn nicht verletzen. Er schien nur verwirrt. »Du brauchst doch absolut keine Rücksicht auf den Mann zu nehmen, der einmal dein Gatte war.«
»Ich nehme auch keine Rücksicht auf Hartley«, erwiderte sie ruhig.
»Bist du dir da sicher?« fragte Kurt mit hochgezogenen Augenbrauen.
»Vollkommen«, gab sie zu. »Und außerdem ist er wieder verheiratet, recht glücklich sogar.«
»Was dich nicht hindern würde, ihn noch zu lieben«, entgegnete Kurt rasch.
»Das tue ich doch gar nicht«, beharrte sie. »Ich bin sehr glücklich.«
»Ja, dein Glücklichsein, das ist mein Feind. Könnte ich dich doch nur ein bißchen unglücklich machen!«
»Niemand kann mich unglücklich machen«, behauptete sie.
»Niemand? Eleanor, wenn ich nun nicht mehr wiederkäme, wärest du da nicht unglücklich?«
»Ich wäre traurig«, bekräftigte sie.
»Und einsam.«
»Ja, auch einsam.«
»Aber du liebst mich doch nicht?« gab er zu bedenken.
Sie zögerte. Sie wollte ehrlich sein. Wäre sie damals

nicht so ehrlich gewesen, hätte sie Hartley niemals verlassen.
»Ein Teil von mir liebt dich«, bekannte sie.
Er brach in ein lautes, befreiendes Lachen aus. »Na, also!« rief er. »Das ist wenigstens etwas!« und ergriff ihre Hand.
»Aber nur ein Teil«, versicherte sie. Sie ließ ihm ihre Hand, denn sie war sich ihrer sicher und fürchtete nichts. Sie fühlte eine Wärme in sich aufsteigen, die sie dankbar empfand.
»Warum sollte ich mich auch dagegen wehren, dich zu lieben, Kurt? Du schenkst mir soviel Zuneigung. Ich kenne dein Herz. Ich bin kein junges Mädchen mehr und weiß es sehr zu schätzen, was du mir gibst, dennoch kann ich es nicht annehmen. Es ist für mich das Wertvollste, das ich in meinem Leben habe – außer dem einen, das mein Leben ausmacht.«
»Deine Karriere«, meinte er traurig.
»Nein«, antwortete sie ruhig. »Nicht meine Karriere, sondern meine Arbeit. Das ist ein Unterschied.«
Er seufzte, betrachtete eine Weile ihre Hand und legte sie sacht auf ihr Knie zurück.
»Ja«, sagte er, »das ist ein Unterschied.«
Schweigend saßen sie sich gegenüber. Er blickte vor sich hin, sie betrachtete ihn, sein scharfes, kerniges Gesicht, das dichte, blonde Haar. Er war schwer, zu schwer für seinen dunklen Anzug, zu schwer für diesen Raum. Er paßte nicht in ihre Welt. Ließ sie ihn aber ein in ihre Welt, wo wäre da noch Platz für sie? Seine Fülle könnte alles vernichten, zerbrechen, sie schließlich vertreiben. In seine Welt jedoch wollte sie nicht hinein. Sie hatte

einmal versucht, in der Welt eines anderen zu leben, und war gescheitert. Ihr Leben verlief nun, wie sie es wollte, ganz nach ihrem Wunsch. Sie ging in ihrem Beruf auf, der hart, aber schön war, und sie schrieb Buch auf Buch.
»Glaub mir doch, nach unserer Heirat kannst du weiter arbeiten, genau wie ich«, versicherte er.
»Ich weiß, daß du es ernst meinst«, gab sie zu. »Aber ich weiß auch, daß es unmöglich ist.«
»Du kennst mich nicht. Du hast ein falsches Bild von mir und sollst mich nicht verurteilen. Ich gehöre nicht zu den Männern, die du einmal kanntest.«
»Ich kannte auch andere«, spottete sie.
»Aber mich kennst du nicht«, erregte er sich.
»Meinst du nicht, Kurt?«
»Nein!«
»Ach, laß uns von etwas anderem sprechen. Komm, das Thema ist beendet.«
»Es ist eben nicht beendet, Eleanor. Solange ich lebe, werde ich ständig damit anfangen.«
»Kurt ...«
»Ich gehe jetzt. Ich muß darüber nachdenken, wie ich dich überzeugen kann, wer ich bin.«
»Aber, Kurt ... «
»Nein. Ich gehe.«
Er ging. Das kleine Zimmer schien leer und verlassen ohne ihn. Sie blickte zur Tür und dachte nach. Dann löschte sie alle Lichter und zog die blauen Vorhänge zurück. Sollte das Mondlicht doch hereinströmen. Sie brauchte davor keine Angst zu haben. Sie war allein und fühlte sich sicher.

Sie saß allein im Mondlicht. Diese Einsamkeit hatte sie sich gewünscht. An jenem Abend, als sie ihr Heim – Hartleys Haus – verlassen hatte, war der kleine Terrier ihr bis zum Wagen nachgelaufen, und für den Bruchteil einer Sekunde war sie bereit gewesen, ihm zu erlauben, in das Auto zu springen und sich neben sie zu setzen. Sie hätte dann wenigstens etwas bei sich gehabt. Aber sie gab nicht nach, sie wollte gern allein sein. Niemals mehr sollte irgend etwas oder irgendwer mit ihr zusammenleben, an dem ihr Herz hing. Sie müßte sich immer wieder einreden, daß Hartley ...

Sie kannten sich, so weit sie zurückdenken konnte. Hartleys Vater hatte die Bank in Richedale gehört und ihrem Vater der Zeitungsverlag. Sie beide besuchten die Tanzschule von Miss Boyne, und wahrscheinlich waren sie sich dort zum ersten Mal begegnet. Ja, sie erinnerte sich an jenen Tag, als sie Hartley zum ersten Mal sah. Er trug seinen neuen englischen Anzug, den mit dem steifen weißen Etonkragen, und hatte sein dunkles, strähniges Haar streng zurückgebürstet. Als er sich dem Halbkreis der jungen Mädchen näherte, starrte sie ihn so ungezwungen an, daß sich ihre Blicke trafen. Nur widerwillig machte er eine kleine steife Verbeugung, worauf sie ihren Rocksaum anhob und ihm lachend entgegentanzte. Diesen Augenblick würde sie niemals vergessen, nein, auch nicht seinen Unmut, den sein Gesicht verriet, als er ihr Lachen hörte.

»Worüber lachst du denn?« war seine hochmütige Frage. Ja, er konnte arrogant sein, obwohl er damals erst elf Jahre alt war. Andere Jungen in diesem Alter liefen rot an und ballten wütend ihre Fäuste, wenn ihnen etwas

nicht paßte; Hartley dagegen blieb teilnahmslos, nur seine dunkelgrauen Augen wurden stechend schwarz.
»Nun – über nichts!« antwortete sie, und ihre übermütige Glückseligkeit brach jäh ab.
»Na, schön!« bemerkte er nur und ging hocherhobenen Hauptes, ohne ein weiteres Wort zu verlieren, an ihr vorbei. Ihr hatte der Tanz Spaß gemacht. Oder hatte er ihr nur Spaß gemacht, weil die anderen Mädchen ihr den stolzen, kleinen Lord neideten?
Er sah auch wirklich gut aus. Mit achtzehn Jahren durfte er in der Oberstufe die Abschiedsrede halten. Gemeinsam hatten sie den Text ausgearbeitet, damit es die beste Rede seit Jahren würde. Und wie hatten sie sich dabei gestritten! Damals besaß sie schon den treffend-beiläufigen Stil, der später ihre literarische Stärke werden sollte und den er nicht mochte.
»Es klingt so, als wäre dir alles gleichgültig«, beschwerte er sich.
»O nein, Hartley!« wehrte sie ab, um ihn anzuspornen. »Siehst du das nicht ein? Wenn du es mit deinen Worten ausdrückst, verstehen es die Zuhörer nicht und werden lachen.«
»Aber ich will es mit meinen Worten sagen«, entgegnete er stolz. Sie sollte später noch die Erfahrung machen, daß es besser war, Hartley nicht in allem ins Vertrauen zu ziehen, wenn sie sich bei ihm durchsetzen wollte. Andererseits war er mit seiner Klugheit stets davon überzeugt, alles allein schaffen zu können. War sie einmal der gebende Teil, dann nahm er dies als Selbstverständlichkeit, vorausgesetzt, er fand seine Anerkennung. Mißfiel ihm etwas, reagierte er sofort und wehrte

sich dagegen. Zu Beginn ihrer Ehe gefiel ihr das sogar, weil sie ihn sehr bewunderte – seinen Geist und sein Äußeres. Aber er hatte sie nie um Rat gefragt und erledigte alles selbständig. Es war übrigens die beste Abschiedsrede, die je gehalten wurde. Mr. Potkin, der Direktor, betonte das ständig. Voller Stolz saß sie neben Hartley, als Mr. Potkin sich stotternd an die Zuhörer wandte und dabei nervös seine Glatze abwischte.

»Ich möchte die früheren Schülerreden nicht herabsetzen, aber trotzdem muß ich sagen ... muß ich sagen, daß ich in meiner langen Amtszeit noch nie eine solche Ansprache ...«

»Es war allein deine Rede, Hartley«, sagte sie ihm, als alles vorüber war und sie beide in seinem neuen Wagen, den sein Vater ihm zu diesem Tag geschenkt hatte, heimfuhren.

»Natürlich war es meine«, erwiderte er überlegen. Klar hob sich sein schönes Profil von der Dämmerung ab. Sie lachte und liebte ihn. Die kleinen gekonnten Redewendungen darin waren ihr Geschenk an ihn, dachte sie schmunzelnd, und er brauchte auch nicht zu wissen, daß sie aus Liebe bereit war, alles für ihn zu tun.

Aber vielleicht hatten damit ihre Heimlichkeiten ihm gegenüber den Anfang genommen. Wie sollten auch sonst zwei Menschen, die sich liebten, ihr Leben harmonisch zu gestalten versuchen? Als sie später im College in Bryn Mawr war und Hartley in Princeton, grübelte sie viel darüber nach. Die Stimme ihres Herzens sagte: »Alles!« Und in jenen Jahren war sie bereit, alles mit Hartley zu teilen. Er sollte alles erfahren, jede Regung ihres Herzens und all ihre Gedanken. War sie einmal mit einem anderen jungen Mann ausgegangen, wollte er wissen, warum, wohin, und wie ihre Empfindungen für den anderen waren. Ebenso genau berichtete er von seinem Leben. In den Ferien sahen sie sich, tauschten ihre Gedanken und Wünsche aus und erfuhren voneinander alles.

»Ist unsere Liebe nicht vollkommen?« fragte sie ihn frohen Herzens.

»Ja, vollkommen«, bestätigte er.

... Um so schwerer wog dann der Bruch, dieser Bruch, der ihr Leben zerriß. Wenn Kurt sie nun besuchte und sie allein in diesem Zimmer saßen, das Hartley niemals kennenlernen würde, beschlich sie ein eigenartiges Schuldgefühl, fast ein Zwang, Hartley darüber berichten zu müssen. Sie dürfte Kurt erst dann einladen, gab ihr die innere Stimme ein, wenn Hartley davon wüßte. Nun saß sie hier allein im Mondlicht. In der Erinnerung lächelte sie, stand dann auf und zündete sich eine Zigarette an.

Hartley hatte Elsa Freed geheiratet.

Der Mond stand senkrecht über ihrem Fenster. Sein Licht fiel auf den Fußboden und umspülte ihre bloßen Füße. Wie ein warmes Bad, dachte sie ... Aber das Mondlicht war ein kaltes Licht.

... Wann hatte sie eigentlich angefangen, ihr eigenes Leben zu gestalten? Ganz allmählich hatte es begonnen, ohne daß sie sich dessen bewußt geworden war. Sie und Hartley hatten in jenem Sommer geheiratet, als sie das College beendeten. Warum sollten sie auch länger warten? Er trat in die Bank seines Vaters ein, und beide Elternteile waren zufrieden.

»Alles ist so harmonisch, liebe Eleanor«, pflegte Hartleys Mutter zu sagen. Sie war groß, aber ein wenig zu dick, und ihre Gesichtszüge glichen denen von Hartley. Hartley würde sich zeit seines Lebens nicht verändern, selbst auf dem Sterbebett würden sein strenges Profil, sein klarer, ebenmäßiger Mund nicht anders aussehen. Seine Mutter hatte denselben schön geschwungenen Mund.

»Eure Ehe ist einfach ideal!« hörte Eleanor sie oft sagen. »Die meisten Mütter sorgen sich um ihre Söhne, aber um Hartley brauche ich mir keine Gedanken zu machen. Seine Liebe zu dir ist sein Anker.«

Hartleys Mutter war eine gute Frau, weder eifersüchtig noch besitzergreifend, obwohl Hartley ihr einziges Kind war.

Eleanor hatte sie sehr geliebt, und als sie im vergangenen Jahr gestorben war, empfand sie tiefe Trauer. Wäre sie etwas früher gestorben, hätte sie die Scheidung nicht mehr erlebt, denn die hatte ihr großen Kummer bereitet. »Ich kann euch einfach nicht begreifen, Kinder!« hatte sie geweint, während ihre Lippen zitterten und über ihr altes Gesicht voller Creme die Tränen rannen. »Ich sehe keinen Grund!«

Eleanor hatte schließlich versucht, es ihr schonend beizubringen.

»Mutter, Hartley kann die Frau nicht lieben, zu der ich mich entwickelt habe, die Frau, die ich nun wirklich bin.«

Doch diese Antwort verwirrte sie noch mehr. »Aber wieso denn, Eleanor? Er hat dich doch all die Jahre geliebt.«

Eleanor hatte daraufhin Hartley schriftlich gebeten: »Erkläre du es ihr. Sag ihr, was du willst, ich kann es ihr nicht verständlich machen.«
Hartley hatte es allein versucht. »Mutter, Eleanor interessiert sich mehr für ihre Arbeit als für mich.«
»Aber, Hartley! Wie kannst du nur so etwas behaupten? Eleanor liebt dich doch seit Jahren!«
Sie bestand darauf, Eleanor möge kommen, und sie bat flehentlich: »Kinder, ihr irrt euch beide, wenn ein jeder von euch denkt, der andere liebe ihn nicht mehr. Kommt, sprecht euch bei eurer alten Mutter aus. Oh, Hartley, dein schönes Heim! Eleanor hat dir ein gemütliches Zuhause geschaffen! Eleanor, er ist so stolz auf dich!«
Aber Hartley hatte gelassen erwidert: »Sie möchte ihre Arbeit meinetwegen nicht aufgeben, Mutter.«
»Oh, Eleanor, wenn er tatsächlich nicht will, daß du schreibst, bitte ... er hat ja recht. Die wirkliche Erfüllung einer Frau ist ihr Heim und ...«
»Aber warum soll ich meine Arbeit aufgeben, Mutter?« Eleanor stand aufgerichtet da. Auch wenn sie sich sehr reckte, reichte sie Hartley nur knapp bis an die Schulter. Es war einer ihrer alten Scherze, wenn Hartley sich herunterbeugte und rief: »Noch da?« Und sie antwortete: »Ja, für immer!«
»Oh, mein Kind«, jammerte Hartleys Mutter. »Du mußt um dein Heim, um dich und deinen Gatten besorgt sein!«
Sie hatte heftig ihren Kopf geschüttelt, und zitternd, fast im Flüsterton, doch voller Überzeugung, kam es über ihre Lippen: »Aber nicht auf diese Art, Mutter. So helfe

ich mir selbst nie. So komme ich nicht weiter. So kommen wir beide nicht weiter.«

... Bei diesen Gedanken zitterte sie jetzt noch, hier, allein mit ihren Füßen im Mondlicht. Es war das alte, ängstliche Zittern. Aber sie wußte genau: hätte sie damals nachgegeben, wäre sie verloren gewesen.

Hartley wollte nie begreifen, daß der Erfolg ihr nichts bedeutete. Ihre Arbeit machte ihr Freude, aber es kümmerte sie nicht sonderlich, als eine wahre Briefflut über sie hereinbrach, lauter Briefe, in denen ihr Roman »Sturmnacht« bewundert wurde. Das viele Geld, die guten Kritiken, der Literaturpreis, die Unruhe der Journalisten und die ganze Publicity – ihr bedeutete das alles nichts, im Gegenteil, es war ihr eher unangenehm; aber Hartley glaubte ihr das nicht.

»Wenn es dir wirklich unangenehm ist«, wunderte er sich, »könntest du doch das Schreiben aufgeben.«

»Das kann ich eben nicht«, gestand sie ihm. Sie befanden sich an diesem Tag in dem alten, schönen Wohnzimmer, nachdem die Journalisten aus New York weggefahren waren.

»Sie müssen bald nach New York kommen«, hatte man sie bestürmt.

»Sie können unmöglich in einem solchen Nest wie Richedale bleiben. Ganz New York wartet auf Sie ...«

Sie hatte Hartley angeschaut, der neben ihr saß.

»Aber hier bin ich daheim«, sagte sie. »Ich kann doch mein Haus nicht verlassen.« Ihre Hand hatte suchend nach seiner getastet, er aber rührte sich nicht.

»Sie sind doch sicher sehr stolz auf ihre berühmte Frau, Mr. Bainbridge?« wollte eine Journalistin wissen.

»Ich war immer stolz auf sie«, gab Hartley betont zur Antwort.
»Aber jetzt«, bohrte sie weiter, »jetzt müssen Sie doch vor Stolz fast... platzen!«
Hartley lächelte nur. Sein Lächeln konnte sehr charmant sein. Die Journalistin erwiderte es und schrieb hastig weiter.
Dennoch war es eine große Erleichterung, als alle weg waren. Sie öffnete weit die Fenster und sagte frohgelaunt: »Der ganze Geruch von ihnen soll hinaus.«
Und an diesem Abend mußte das Mädchen das Essen am Kamin servieren. Sie hatte die schweren goldfarbenen Samtvorhänge zugezogen und das Feuer angezündet, obgleich der Oktober hier im Süden nicht kalt war.
»Ein Heim ist das Wichtigste«, pflegte sie zu sagen. Aber hinter diesen Mauern warteten viele auf sie, denen sie ein Stück von sich selbst gegeben hatte und die nun mehr wollten. Man wollte sie ganz. Ständig mußte sie irgendwo Leseabende geben; doch sie hatte Angst vor den aufdringlichen Frauenvereinen und vor den fremden, oft lästigen Männern, die sie von zu Hause wegzulocken schienen. Sie fühlte sich hier, in ihrem Haus, bei ihrem Mann, geborgen, glücklich und hatte nur den einen Wunsch, alles möge für immer so bleiben. Sie lächelte zufrieden.
»Waren das nicht recht komische Leute heute nachmittag bei uns?« rief sie aus. »Kannst du dir als Beruf vorstellen, von einer Prominenz zur anderen laufen zu müssen? Außerdem ist es total verrückt, mich als Berühmtheit anzusehen!«
Sie blickte zu ihm hinüber, sein Lachen erwartend. Aber

er lachte nicht. Statt dessen lag eine Kälte in seiner Stimme, die sie erschreckte. »Ich habe den Eindruck, dir gefällt das, Eleanor?«
»Aber nein, Hartley«, protestierte sie. »Im Gegenteil, ich hasse den Rummel!«
»Wenn das stimmt, kannst du die Schreiberei ja bleiben lassen.«
»Nein, das kann ich nicht«, hatte sie darauf erwidert.
Das war der Anfang.
Als sie nun, in ihrer neuen Welt, die Vergangenheit erforschte, um sich über ihre Zukunft klarzuwerden, erkannte sie, daß damals, genau in diesem Augenblick, ihr neues Leben begonnen hatte. Da erwachte zum ersten Mal ihre nach Selbständigkeit ringende Seele in ihrem Körper, der so lange Hartley gehört hatte. Doch diese Seele gehörte ihr ganz allein. In den vielen Jahren ihrer Jugend und ihres Frauentums, das sie Hartley geschenkt hatte, war ihre Seele im tiefen Schlaf gelegen. Nie war es ihr bewußt geworden, daß er kein Recht hatte, ihr Dasein und ihre Zeit zu bestimmen – doch sie liebte ihn selbstlos. Bereits morgens, bei ihrer Tagesplanung, richtete sie sich ganz nach ihm. Lediglich die Zeit, in der er sie nicht brauchte, nahm sie für sich.
»Kommst du zum Essen nach Hause, Hartley?«
»Nein, heute bin ich zu einem geschäftlichen Lunch verabredet.«
»Dann werde ich mit Myra essen.«
»Gut so.«
Ganz allmählich, ohne daß sie es merkte, hatte er ihre Gedanken und Ansichten geformt.
»Hartley, wie denkst du über den Kommunismus?«

»Ich halte ihn für einen gefährlichen Unsinn, Liebling. Er ist nur etwas für Erfolglose.«
»Weil sie ihn vielleicht fürchten«, warf sie ein. »Deshalb suchen sie die Bindung an andere Menschen.«
»Vielleicht«, erwiderte er mit schwachem Lächeln. »Am liebsten möchtest du wohl die Bürde der ganzen Welt auf dich nehmen, nicht wahr, kleine Nora?«
Das stimmte. Sie versetzte sich oft in die Lage anderer und fühlte mit ihnen. Mit Mrs. Battie, ihrer Waschfrau zum Beispiel, die ihr Leben lang nur in Waschküchen und Kellern, in Waschdampf und Seifenlauge gearbeitet hatte. Oft hatte sie sich mit Mrs. Battie auf die Kellertreppe gesetzt und sich mit ihr unterhalten.
»Wieviele Kinder haben Sie, Mrs. Battie?«
»Zwei Jungen, Madam. Ich wünschte, es wären Mädchen, denn Mädchen bleiben bei der Mutter. Aber Denny ist im Gefängnis, und Tom ist ein Streuner. Seit dem Tag, an dem er die ersten Schritte tat, war er ein Strolch. Er ist praktisch nur geboren, um wegzulaufen. Da halfen auch keine Prügel.«
»Und warum ist Denny im Gefängnis?«
»Genau weiß ich es nicht. Der Richter hat ihn eingelocht, und der wußte bestimmt, warum.«
»Wie schrecklich«, bedauerte sie.
Mrs. Battie wrang ein nasses Bettuch aus. »Ich finde das nicht schrecklich. Man weiß wenigstens, wo sie stecken, eben im Gefängnis, wo sie Essen und Kleidung bekommen. Ich wünschte, Tom wäre ebenfalls im Gefängnis.«
»Und Mr. Battie?« fragte sie leise und schämte sich ob ihrer Neugier, aber sie mußte die Menschen kennenlernen – jeden, überall.

»Er ist hinüber. Vor Jahren hat er sich totgesoffen.«

Sie dachte lange über Mrs. Battie nach.

»Mrs. Battie ist ganz allein«, erzählte sie Hartley. »Ihr Mann ist tot, und ihre Söhne ...«

»Warum kümmerst du dich um solche Leute?« fragte er gereizt. – »Ich weiß es nicht«, antwortete sie gekränkt, denn niemand kümmerte sich sonst um Mrs. Battie. Die anderen Frauen sagten lediglich zu ihr: »Guten Morgen, Mrs. Battie. In der Waschküche liegt Seife und alles, was Sie sonst noch brauchen.« Dann war sie vergessen.

Sie begann eine Geschichte über Mr. Battie zu schreiben, und als sie veröffentlicht wurde, las sie diese mit wachem Interesse. Ja, es stimmte, hier war Mrs. Battie, schwarz auf weiß, nicht die Mrs. Battie aus der Waschküche, sondern eine leibhaftige Frau hatte Gestalt angenommen und ließ sie die andere vergessen. Und noch etwas ereignete sich in jenen Tagen. Diese Gestalten, jene Figuren, bestimmten ihr eigenes, ihr neues Leben, ein Leben, das weit weg war von Hartley. Und deswegen bekannte sie Hartley: »Ich kann es nicht aufgeben.«

Sie wußte genau, daß sie es nicht konnte. Es kam über sie wie eine Droge, es war eine Notwendigkeit, ein Zwang, Figuren zu gestalten, sie leben zu lassen, sie in eine Handlung einzubauen. Kurz nach ihrer Hochzeit hatte sie damit begonnen. Allmählich, so nach und nach, nahmen ihre Ideen an ihrem Schreibtisch Leben und Formen an. Es geschah nicht aus Langeweile oder einer Leere im alltäglichen Leben, denn ihre Tage waren sehr ausgefüllt. Richedale war eine hübsche Kleinstadt, mit vielen reichen Leuten, und die junge Mrs. Hartley Bainbridge war überall ein gern gesehener Gast. Dennoch genügte ihr das nicht. Sie wollte alle Arten und Schichten von Menschen kennenlernen und ging viel aus und suchte nicht nur Menschen wie Mrs. Battie. Sie beobachtete die Leute, hörte ihnen zu, sah, wie sie lebten und arbeiteten. Anfangs erzählte sie Hartley darüber, wenn sie an den langen Sonntagnachmittagen ins Land hinaus fuhren. Sonntagmorgen besuchten sie immer die Kirche.

»Liebster, wochenlang habe ich darüber nachgedacht, und nun ist es mir endlich eingefallen: Mrs. Brace sieht wie ein – Pinguin aus! Heute morgen habe ich es bemerkt, als sie in einem steifen schwarzen Satinmantel mit der weißen Jacke und dem schwarzen Hut in die Kirche kam. Ich war richtig erleichtert, daß mir dieser Vergleich eingefallen ist.«

Hartley lachte herzhaft. »Eleanor, du bis eine Närrin!«

»Aber sie sieht wirklich wie ein Pinguin aus!« sagte sie.

Nach Hause zurückgekehrt, ging Mrs. Brace ihr nicht aus dem Sinn. Hartley las abends Santayana, für den sie sich nicht sonderlich interessierte; sie schrieb ihre Einfälle über Mrs. Brace nieder.

»Hör zu, Hartley«, rief sie lachend und las ihm vor, was sie geschrieben hatte. Er lachte mit ihr.

»Du hast sie genau getroffen«, staunte er.

Und später führte Mrs. Brace »Sturmnacht« zum großen Erfolg; denn das, was die Wirkung des Romans ausmachte, war die alte, fröhliche Gestalt, die wie eine liebenswerte Patin durch die Seiten des Buches watschelte. Hunderte von Leserzuschriften bestätigten ihr das. Immer wieder konnte sie lesen: »Ich kenne Ihre alte Pinguin-Dame, sie erinnert mich an …«

Sie konnte sich nicht mehr genau erinnern, wie alles angefangen hatte, aber Mrs. Brace wuchs und wuchs und erschien auf fast allen Seiten – Mrs. Brace trennte sie schließlich von Hartley.

... Sie stand auf, trat ans Fenster ihrer modernen New Yorker Wohnung und blickte auf das hektische Leben hinunter. Vielleicht hatte es damit begonnen, daß sie, nachdem sie verheiratet waren, sich keine Briefe mehr schreiben konnten. Sie vermißte plötzlich das Schreiben. Täglich hatte sie alles, was sie umgab, in Worte gebracht. Sie besaß ein ausgesprochenes Schreibtalent, das zum Durchbruch drängte. Jetzt, im Rückblick, fiel ihr auf, wie oft sie Hartley dabei vergessen hatte. Stundenlang saß sie am Schreibtisch und erfand Personen, denen sie eine Existenz, ein selbständiges Leben gab, und schließlich begann diese Arbeit, ihr mehr zu bedeuten als alles andere. Sie zog sich nun einen Stuhl zum Fenster und betrachtete das Treiben unten auf der Straße. Unaufhaltsam glitten Ströme von Fahrzeugkolonnen über die breite Straße. Vor allem aber sah sie: Menschen.

Eine große Neugier bemächtigte sich ihrer, aber auch Angst befiel sie; denn sie würde immer einsam bleiben, mit den Menschen und auch ohne sie ...

Ja, auch bei Hartley hatte sie sich einsam gefühlt. Warum sonst hatte sie sich in diese Arbeit gestürzt, wissend, daß sie am Ende einen teuren Preis zahlen müßte? Eines Tages würde er sagen: »Du mußt zwischen deinem Schreiben und mir wählen.« Doch damals schob sie solche Gedanken weit von sich. Niemals würde Hartley ähnlich dramatische Worte aussprechen. Er war weder

dramatisch noch fordernd, er war einfach ein wunderbarer Ehemann!
Wie oft hatte Myra zu ihr gesagt: »Du weißt gar nicht, wie glücklich du bist, Nora. Hartley ist einfach eine Wucht! Niemand kann ihn dir wegnehmen. Er ist so verliebt in dich und weiß überhaupt nicht, daß es außer dir noch andere Frauen gibt. Und er sieht so gut aus! Ich wünschte, ich könnte meinem Hal nur halb so trauen!«
Sie hatte nur gelächelt und Myra keine Antwort gegeben. Sie tat ihr leid, denn jeder wußte, wie Hal auf junge Mädchen reagierte. Und heute? Myra und Hal waren noch zusammen – und Hartley hatte Elsa Freed geheiratet. Sonderbar ... höchst sonderbar! Und Myra galt als eine sehr selbständige und selbstbewußte Frau, die viel eher hätte allein leben können als sie. Doch sie hatte nun gelernt, sich zu arrangieren. Schließlich konnte man das erlernen wie alles andere auch.

... Es war spät geworden. Die Theatertaxis rasten noch durch die Straßen, aber das Leben erlosch allmählich da unten. Draußen vor ihrer Wohnungstür vernahm sie lachende Stimmen, in ihren Räumen aber lastete die Stille. Für einen Augenblick sehnte sie sich nach ihrem kleinen Hund, doch sie verscheuchte diesen Gedanken. »Nein, ich habe keine Lust, als Frau mit Hund zu gelten – nicht mit zweiunddreißig.« Sie stand auf und drehte die Beleuchtung an. Dann goß sie sich einen kleinen Sherry ein, den sie langsam austrank, und aß ein paar Kekse. Sie hob einige Krümel auf, leerte den Aschenbecher, stellte das Glas in die Küche und ging hinüber in ihr Schlafzimmer.

... Besonders abends, vor dem Zubettgehen, spürte sie das Alleinsein. Anfangs hatte sie sein allabendliches Plätschern im Bad vermißt und auch sein Pfeifen. Hartley konnte so herrlich melodisch pfeifen. Selbst schwierige Passagen aus Tannhäuser oder von Beethoven gelangen ihm mühelos. Kam er nach dem Duschen herein, so glänzte sein nasses Haar schwarz. Sie hatten viel Freude zusammen.

Häufig hatte sie sich gefragt, warum sie ein solch harmonisches, fröhliches Leben mit dem zumeist gutgelaunten und charmanten Hartley aufgeben konnte. Wie zuvorkommend konnte er doch sein! Zu Beginn ihrer jungen Ehe kam er von der Bank heimgerannt, sprang die Treppe hinauf und rief nach ihr. Sie wartete meist auf sein Kommen. Sie lachten über alles, selbst über die nichtigsten Anlässe. Zum Beispiel über das alte Haus. Seine Mutter hatte darauf bestanden, daß sie unbedingt ihr eigenes altes Haus haben müßten. Es hatte einmal ihrem Vater gehört, war dann verkauft worden, und sie hatte es zurückgekauft, für sie beide. Es war natürlich viel zu groß für sie, aber sie meinte, ihre Kinder würden es beizeiten bevölkern. Und während sie auf Kinder warteten, amüsierten sie sich über die hohen Zimmerdecken und die riesigen Räume.

»Dafür müßten wir eine Menge Kinder haben«, versicherte sie frohgemut.

Und als sie einmal feststellte: »Findest du nicht auch, Liebling, diese Zimmerdecke sieht so leer aus?« warnte er scherzend: »Wir werden ein Kind hineinsetzen.« Aber sie bekamen keine Kinder – nicht in all den zehn Jahren ihrer Ehe. Nach einiger Zeit mieden sie das The-

ma, und als sie dann mit dem Schreiben begann, vermißte sie Kinder nicht und dachte auch nicht mehr daran. Ja, wenn sie Kinder gehabt hätten ...
Sie legte sich in das große, breite Bett, in dem sie seit drei Jahren allein schlief, nahm vom Glastisch neben ihrem Bett ein Buch und schlug es auf. Sie wollte, um die Erinnerung zu verdrängen, noch ein wenig lesen. Ihr Leben lag nun klar vor ihr. Doch sie konnte nicht lange lesen. Die alten quälenden Fragen tauchten schemenhaft, wie in großen Lettern geschrieben, aus den Seiten des Buches hervor.
Wann hatte Hartley sie vor die Alternative gestellt, sich zu entscheiden? Zuerst hatte er nur über ihre Arbeiten gelächelt. Sie hatte sie ihm abends oft vorgelesen und sein Urteil, sein Lob erwartet. Er war großzügig im Lob.
»Siehst du diesen Mann wirklich, Liebling, so wie ich ihn beschrieben habe?« bedrängte sie ihn.
»Er ist dir vollauf gelungen«, gab er lachend zur Antwort. »Ich sehe und höre ihn förmlich.«
Seine Worte hatten für sie mehr Gewicht als alle Kritiken, auch wenn sie triumphal klangen: »Einer der größten Romane unserer Zeit ...« ; »Von mitreißendem Erzählstil ...«
»Ich glaube, in dir steckt mehr, als wir ahnen«, behauptete er einmal und hatte sehr ernst, fast fremd ausgesehen. Was bedeutete nur der feindselige Ausdruck in seinen Augen? Sie war in seine Arme geflüchtet, beteuernd:
»O nein, es macht mir nichts aus, gar nichts. Es bereitet mir Freude. Es ist eine Abwechslung für mich. Ich langweile mich beim Bridge so sehr.«
Sie hatte seine Arme genommen und sie um sich gelegt.

»Liebster, ich bin nur deine Frau.«
Er hielt sie fest. »Natürlich, mein Herz.« Und die Angst war von ihr gewichen.
Doch an jenem Morgen, als das Telegramm eintraf und den Preis für »Sturmnacht« ankündigte, bemerkte sie erneut diesen Ausdruck in seinen Augen. Sie hatte ihren Hut aufgesetzt und war zur Bank geeilt, um ihm als erstem die großartige Nachricht mitzuteilen. Es wäre schön gewesen, ihre Eltern hätten diesen Augenblick miterleben können, aber sie waren tot. Hartley jedoch lebte, ihm mußte sie es sagen.
Frohen Herzens strebte sie seinem Büro zu, ohne auf der Straße jemanden wahrzunehmen. Sie öffnete die Tür. Er diktierte Miss Reese.
»Einen Augenblick, Eleanor«, wehrte er ab. Sie setzte sich hin und wartete. Hier in der Bank fürchtete sie sich immer ein wenig vor ihm. Sein Vater war vor einem Jahr gestorben, und trotz seiner Jugend hatte Hartley gleich dessen Platz eingenommen. Er war ein Mann, dem man Vertrauen schenken konnte. Er diktierte bedächtig:
»Wir bedauern außerordentlich, nicht in der Lage zu sein, Ihnen das gewünschte Darlehen zu gewähren. Laut Auskünften unseres Komitees bieten die von Ihnen angebotenen Deckungswerte keine ausreichende Sicherheit.«
Das Telegramm brannte in ihrer Hand. Sie lächelte, obwohl ihre Augen flackerten. Er bemerkte sie nicht weiter. In seinem Büro war er stets übertrieben förmlich.
»Ihre ... und so weiter. Das ist alles, Miss Reese.«
»Ja, Sir.«
Er wartete ab, bis seine wenig attraktive Sekretärin die

Tür hinter sich geschlossen hatte, und wandte sich ihr zu. »Nun, Eleanor?«
Sie trat auf ihn zu und überreichte ihm wortlos das Telegramm. Er las es. Sie stand abwartend neben ihm, ihr Herz klopfte stark.
Dann blickte er auf – Feindseligkeit lag in seinen Augen. Sie war erschrocken. Sie zog das Papier aus seinen Händen, sank auf die Knie und verbarg ihr Gesicht an ihm. »Schau mich nicht so an«, würgte sie hervor. »Ich mache mir ja nichts daraus.«
»Wieso? Was ist los?« fragte er verwundert. »Steh auf, Liebes. Jeden Moment kann jemand hereinkommen.«
Sie hielt ihn umklammert. »Ich bin deine Frau«, flüsterte sie.
»Natürlich bis du das«, erwiderte er und zwang sie sanft, aufzustehen. »Und ich bin sehr stolz auf dich. Und das hier, das ist eine gute Nachricht. Sie ist großartig, ehrlich. Laß mich mal sehen - wieviel? Eintausend Dollar, nicht wahr?«
»Es ist ja nicht das Geld.« Sie weinte jetzt. »Es ist ... es ist die Auszeichnung.«
»Natürlich«, erwiderte er herzlich und tätschelte ihre Hand. »Ich habe dir doch gesagt, ich bin stolz auf dich. Hör auf zu weinen, Nora. Warum weinst du überhaupt? Wir wollen heute abend in Ruhe darüber sprechen. Ich möchte alles davon wissen.«
»Kommst du denn mittags nicht nach Hause?« fragte sie erschrocken. »Nein. Deswegen wollte ich dich eben anrufen. Wir haben noch eine Direktionssitzung.« Er nahm den Hörer ab. »Miss Reed?« Ihre zarte, neugeborene Seele sank plötzlich tief herunter. Sie wischte sich

die Augen, setzte ihren Hut zurecht, reckte sich empor und küßte ihn auf die Stirn.

»Bis später dann, Liebster«, sagte sie.

»Auf Wiedersehen, meine Liebe«, antwortete er. »Ja, Miss Reese. Ich habe einen wichtigen Punkt im letzten Brief vergessen ...«

Sie schickte sich an, zu gehen, hielt aber inne, bückte sich und hob das zerknüllte Telegramm auf. Sie steckte es ein. Er bemerkte es nicht. – Am Abend sagte er: »Das ist eine gute Nachricht, Eleanor, wirklich.«

Sie lächelte: »Ja, nicht wahr?« Und fügte hinzu: »Sollen wir nach dem Essen zu Myra hinübergehen?« Er antwortete: »Das ist eine gute Idee, Liebste.«

Den ganzen Abend wartete sie darauf, daß er sagen würde: »Wißt ihr, was Eleanor bekommen hat?«

Aber er sagte es nicht, und sie schwieg ebenso darüber. Ihr lag auch nichts daran; denn morgen würde es in allen Zeitungen stehen, und Myra würde sehr wahrscheinlich aufgeregt zu ihr kommen, sie schütteln und rufen: »Wann hast du es denn erfahren, mein Äffchen?«

»Gestern abend.«

»Was? Hartley und du, ihr habt das gestern schon gewußt und kein Wort davon erwähnt?«

Sie mußte lächeln ...

Allein, hier, in ihrem Zimmer quälten sie die Gedanken an ihre Vergangenheit. Sie stand auf, öffnete eine Schublade und nahm ein Album heraus. Auf einer Seite prangte das Telegramm, sie hatte es eingeklebt.

Sie ging zurück ins Bett, streckte sich aus, zog die Decke über sich und blieb still liegen ...

Ihre Ehe war zu Beginn ein reines Vergnügen. Man

machte ihr viele Komplimente, denn sie war eine hübsche junge Frau. Es war für sie eine Selbstverständlichkeit zu hören: »Wie hübsch sehen Sie in diesem blauen Kleid aus.« Und Hartley wiederholte oft: »Ich bin so stolz auf meine schöne Frau.« Sie war froh, daß sie gut aussah, denn sie wollte ihm gefallen. Eitel war sie allerdings nicht; ihre Mutter hatte sie entsprechend erzogen. »Nur dumme Frauen sind eitel, Eleanor«, hatte ihre strenge Mutter erklärt. »Setz dein gutes Aussehen immer zu deinem Vorteil ein.« Sie selbst fand sich keineswegs attraktiv. Sie schwärmte eher für blond oder schwarz, und sie war weder das eine noch das andere. Sie hatte graue Augen, und ihr Haar war hellbraun; auch ihre Nase war nicht sehr gerade. Sie mochte deshalb Hartleys schön geschwungenes Profil im Gegensatz zu ihrem ungleichmäßigen. Man lobte bei ihr die Lebhaftigkeit ihres Gesichtsausdruckes, doch das konnte sie nicht beurteilen.

Auch als die Kritiker feststellten, daß sie »ein neues episches Talent« sei und von »genial« sprachen, wurde sie nicht eingebildet. Sie amüsierte sich höchstens darüber. Ihre Geschichten erzählten von Mrs. Brace und Mrs. Battie, von Sam, dem Heizer, und Mr. Black, dem Drogisten, und von vielen anderen Leuten. Aber das war kaum genial zu nennen.

Vielleicht war sie ein wenig eitel, ohne es zu wissen. Warum wäre sie sonst auf einmal so verletzt und sogar bestürzt gewesen, als Hartley begann, an ihr Fehler zu entdecken? Bisher waren sie von einer ausgeglichenen Lebensfreude erfüllt gewesen. Sie war sich zwar bewußt, daß er nicht genau den Vorstellungen entsprach, die sie sich am Hochzeitstag von ihm gemacht hatte. So unglaubhaft es schien, aber er hatte tatsächlich keine Fehler. In der ersten Zeit, wenn sie morgens neben ihm erwachte, hatte sie einmal bewundernd ausgerufen: »Es gibt nichts an dir, was ich ändern möchte, selbst wenn ich es könnte!« Er hatte nur gelächelt und geschwiegen. Was sollte er auch antworten? Er war überzeugt, seine hochgesteckten Lebensziele leicht erreichen zu können. Doch mit der Zeit begriff sie, daß er diese Ziele nur erreichte, weil alles nach seinen Wünschen verlief. Es hatte lange gedauert, bis sie diese Feststellung traf. Sobald die geringste Kleinigkeit ihn störte, trat die gewisse Kälte in seine Augen. Ihre Unpünktlichkeit mißfiel ihm besonders. Sie war oft derart ins Schreiben vertieft, daß sie alles um sich vergaß, bis das mahnende Ticken der Uhr, die dicht neben ihr stand, sie in die Wirklichkeit zurückrief. »Wir treffen uns um eins«, war Hartleys Vorschlag gewesen. Sie wollten zusammen essen, und er hatte noch hinzugefügt: »Ich freue mich sehr auf das Essen mit dir, ist es doch für mich ein Lichtpunkt des Tages.« War sie dann nicht genau pünktlich, so fiel seine Begrüßung recht kühl aus. »Ich warte schon seit ...« Und dann folgten die Minuten, die sie sich verspätet hatte. Allmählich lernte sie, auf die Zeit zu achten, und kein Gedanke oder Satz konnte sie derart fesseln, daß nicht Hartleys Aufforderung: »Ich erwarte dich also um ein Uhr«, zwingender gewesen wäre. Oft kam es vor, daß sie sich überstürzt anzog und losraste und, kurz bevor sie sich trafen, bis zehn zählte, um nach Luft zu schnappen. Ja, dieser kalte Ausdruck in seinen Augen verursachte ihr immer mehr Gewissensbisse.

Als sie ihn noch bedingungslos liebte, fiel es ihr leicht, sein Leben so angenehm zu gestalten, wie er es gern mochte: seine Lieblingsspeisen herzurichten, sein Heim zu verschönern, frische Wäsche zum Wechseln bereitzuhalten und – vor allem – ihn zu erwarten …
Rückblickend wunderte sie sich, daß sie die vielen freien Stunden, in denen er weg war, nicht sinnvoller verbracht hatte. Zwar schrieb sie täglich mehrere Stunden, aber das war zu wenig. Außerdem lastete ständig der beklemmende Druck auf ihr, mit dem Schreiben einmal aufhören zu müssen. Das alles war nun vorbei, und sie genoß ihre neue Freiheit. Sie saß bereits frühmorgens am Schreibtisch und bestimmte selbst den Zeitpunkt, an dem sie aufhören wollte. Mattie wußte, »Wenn ich in meinem Studio bin, darfst du mich nicht stören. Komm nicht herein und sag, das Essen ist fertig. Die Hauptsache ist, ich bin fertig.« Jahrelang hatte sie sich der Mahlzeiten wegen abhetzen müssen. Wie oft hatte sie die Schreibarbeiten unterbrochen, nur weil es Zeit zum Essen war. Traf sie dann später beim Korrigieren auf jene Stellen, war sie gleich unzufrieden, weil sie den Bruch merkte. »Wahrscheinlich wurde ich hier gestört, weil man mich zum Abendessen rief«, dachte sie mißmutig. Heute schien es ihr unvorstellbar, daß durch solche Nichtigkeiten ihr Leben und ihre Arbeit fast zerstört worden wären. Doch damals empfand sie es nicht bedrückend. Wie ein Baum zum Gedeihen Luft und Sonne braucht, so notwendig war diese Arbeit für ihr Leben, und hätte Hartley nicht plötzlich etwas an ihr auszusetzen gehabt, wäre es ihr gar nicht aufgefallen.
»Ich möchte dich nicht verletzen, Liebling«, begann er

eines Abends im November, als sie am Kamin saßen, »aber ich weiß nicht, ob du selbst es gemerkt hast. Du erhebst deine Stimme neuerdings beim Sprechen.«

»Ich?« fragte sie betroffen. »Das tut mir leid. Das ist mir gar nicht aufgefallen.«

»Das weiß ich, und deswegen sage ich es dir. Immer wenn du in der Öffentlichkeit gesprochen hast, stelle ich es hinterher fest.«

Ja, das stimmte. Sie hatte verschiedentlich in benachbarten Städten Lesungen gehalten. Es war Neuland für sie. Die Damen der einzelnen Klubs waren stolz auf ihr Erscheinen und luden sie anschließend zum Essen ein. Eine Ablehnung wäre unhöflich gewesen. Meistens wollte man von ihr wissen, wie sie überhaupt zum Schreiben gekommen war. »Wenn Sie Ihre schriftstellerische Arbeit als Beruf ausübten, glauben Sie, das könnte sich auf Ihr Privatleben störend auswirken?« wurde sie wiederholt gefragt, worauf sie lachend zur Antwort gab: »Wenn ich nicht einen so rücksichtsvollen Ehemann hätte, wäre das leicht möglich.« Sie war Hartley in jener Zeit fast dankbar, daß er sie schreiben ließ, und erst viel später - und diese Erkenntnis war wie eine Ladung Dynamit - tauchte in ihr die Frage auf: »Sollte ich ihm vielleicht noch dankbar sein, daß ich mich selbst verwirklichen durfte?«

Doch damals sagte sie: »Ich will daran denken und leiser sprechen. Ich danke dir für deinen Hinweis, Liebling.«

Und er fügte hinzu: »Gerade deine sanfte Stimme gehört zu den Eigenschaften, die ich an dir so liebe.«

Und lachend beteuerte sie: »Ich möchte so sein, wie du mich wünschst.«

»Das bist du auch«, stimmte er zu, »sonst hätte ich dich nicht geheiratet.«
Der Abend verlief harmonisch, aber dennoch nicht so wie sonst, was sie aber zu diesem Zeitpunkt nicht bemerkte.
Erst viel später erkannte sie, daß ihr an diesem Abend die ersten Zweifel gekommen waren, ob sie tatsächlich die Frau war, die er in ihr sah. Es hatte lange gedauert, bis der Verdacht auftauchte, denn sie war ihm innerlich, ohne es zu ahnen, sehr verbunden, fast völlig abhängig von ihm. Der Gedanke, eines Tages allein zu leben, hätte helles Entsetzen in ihr wachgerufen, denn keine Nacht hatte sie ohne ihn verbracht. Sie wagte noch nicht einmal, den Wagen durch den dichten Verkehr zu steuern. Alles Geschäftliche bestimmte er. Sogar ihre Winterreisen plante er selbst. Er schirmte sie von allem ab, und sie wurde zusehends hilfloser und unsicherer, ohne sich dessen bewußt zu sein. Selbst als das Schreiben sie ganz in Anspruch nahm und sich zu einer Lebensarbeit auszuwachsen schien, erkannte sie das nicht, weil sie es nie gewohnt war, an sich selbst zu denken. Ihre Mutter, eine dominierende und kluge Frau, hatte von ihrem einzigen Kind sehr viel verlangt, und Eleanor hatte stets gehorcht. So war ihre Unterordnung im Grunde eine Verlängerung ihrer Kindheit.
Ihr kam jener Tag in den Sinn, an dem sich ihr New Yorker Verleger angesagt hatte.
Hartley erklärte: »Ausgerechnet heute habe ich in der Bank so viel zu tun, daß es mir nicht möglich ist, mich auch nur für eine Stunde freizumachen, selbst zum Essen nicht.«

»Das ist auch nicht nötig«, warf sie ein, »er wird nur kurz vorbeischauen und wieder gehen.«
Aber das tat er nicht. Sie unterhielt sich mit ihm lange und ausführlich über ihr nächstes Buch, und es freute sie sehr, jemandem von ihrer Arbeit zu berichten, der so aufmerksam und mit großem Interesse zuhörte. Sie fühlte sich auf einmal frei und glücklich, und als alles besprochen war, lehnte sie sich erleichtert in ihren Stuhl zurück und lachte.
»Es ist mir fast peinlich, denn in meinem ganzen Leben habe ich noch nie so viel über mich selbst geredet.«
Seine Antwort klang ernst: »Ich weiß jetzt, Sie sind eine großartige Schriftstellerin, und ich bin stolz, Ihr Verleger zu sein. In Ihnen steckt sehr viel. Leben Sie wohl.« Er erhob sich, ein großer, angenehmer Mann in den besten Jahren, doch er zögerte zu gehen. »Darf ich Sie zum Essen einladen?« Ihr gefiel seine Art, und sie war froh, jemanden getroffen zu haben, der sie verstand, und so antwortete sie begeistert: »Sehr gern. Mein Mann kommt heute nicht nach Hause, und ich habe Zeit.« Sie vergaß, keine gute Fahrerin zu sein, und steuerte den Wagen sicher durch die Straßen, hinaus zu einem Gasthaus im Grünen. Später fuhr sie ihren Verleger zum Bahnhof.
Sie genoß alles und fuhr noch eine Weile allein umher. Sie war, so überlegte sie lächelnd, eine richtig glückliche Frau. Sie besaß fast alles – Hartley, das Haus, Freunde, und nun kam auch noch der Erfolg zu ihr, den sie spürte, so als nähere sich von fern ein Trommelwirbel. Es war bereits spätnachmittags, als sie an diesem wunderschönen Frühlingstag nach Hause kam …

Doch als sie das Haus betrat, fiel ihre Fröhlichkeit wie ein Umhang von ihr ab.
»Was habe ich nur angestellt?« dachte sie schuldbewußt. »Ich habe alles vergessen und nicht daran gedacht, Hartley zu fragen, wann er nach Hause kommt.«
Sie eilte rufend nach oben. »Hallo, Liebling!« Aber sie erhielt keine Antwort. Sie lief in die Küche hinunter und fragte das Mädchen: »Ist irgendeine Nachricht von Mr. Bainbridge gekommen?«
»Nein, Madam, nichts«, antwortete Hester, ohne ihre Arbeit zu unterbrechen, sie schälte Erbsen. »Wünschen Sie heute abend kaltes oder warmes Dessert?«
Eleanor überlegte. Es war für sie stets schwierig, den Essensplan zu bestimmen. Hartley liebte Abwechslung.
»Was hatten wir den gestern abend?« erkundigte sie sich.
»Zitronenpastete«, erwiderte Hester. »Möchten Sie heute Schokoladencreme?
»Heute ist es sehr warm«, zögerte Eleanor. »Da ist etwas Kaltes besser. Ich denke, Fruchtgelee mit frischer Sahne.« Dürfte ich ganz ich selbst sein, überlegte sie träge beim Hinaufgehen, um zu baden, so brauchte ich mich nicht mehr um das Essen zu kümmern. Ich könnte alles essen, ohne viel darüber nachzudenken.
Sie ahnte da noch nicht, daß sie sich tatsächlich eines Tages nicht mehr darum kümmern müßte. Sie hatte Mattie erklärt: »Frag mich niemals, was wir essen sollen. Ich weiß es nicht.« Kam Kurt zum Dinner, so bestimmte sie vorher nie: »Bereite Roastbeef, denn Mr. Stenson mag das gern.«
Doch damals, an jenem Abend, hatte sie Wichtigeres im Sinn. Sie wollte ihr Haar so lange bürsten, bis es glänzte,

und das tiefblaue Chiffonkleid anziehen, das Hartley so gut gefiel. Sie steckte sich eine Silberrose an, als sie seine Schritte in der Diele vernahm. Sie lief hinaus und erwartete ihn strahlend an der Treppe.
Er kam langsam hinauf und fragte erstaunt: »Wartest du schon lange auf mich?«
»Nein«, gab sie frohgemut zur Antwort. »Ich bin vorhin erst zurückgekommen. Ich bin auch weg gewesen.«
Er blieb drei Stufen vor ihr stehen. »Wo?« wollte er wissen. »Wir waren beim Lunch«, erzählte sie. »Und stell dir vor, ich selbst habe den Wagen zum ›Blauen Schwan‹ gesteuert und später zum Bahnhof. Es hat keine Schwierigkeiten gegeben, Liebling.«
»Dazu brauchtest du aber nicht den ganzen Nachmittag«, stellte er fest und kam keinen Schritt näher.
»Ich bin noch etwas umhergefahren«, schmeichelte sie. Sie streckte ihre Arme aus und berührte seine Schultern.
»Du selbst?« fragte er ungläubig.
»Ja, ich selbst«, antwortete sie und war ein wenig erschrocken. Hatten seine Augen nicht wieder diesen kalten Blick? Sie ging einen Schritt hinunter, zwei Schritte, drei, stand neben ihm und lehnte sich an ihn.
»Ich bin gut heimgekommen«, beteuerte sie und setzte leise hinzu: »Schimpf bitte nicht.«
Er legte seine Arme um sie und küßte sie auf die Stirn. »Ich schimpfe nie«, sagte er und küßte sie nochmals. »Aber vergiß bitte nicht, ich kann diese emanzipierten Frauen nicht ausstehen.«
»Ich bin nicht emanzipiert«, erklärte sie eindringlich.
»Nein, du nicht«, bestätigte er. »Ich ruhe mich ein wenig aus. Mein Gott, war das ein anstrengender Tag!«

»Oh, Liebling!« rief sie besorgt. »Ich möchte dich nicht aufhalten!« Und damit machte sie sich von ihm los und eilte hinauf, um das Badewasser einzulassen und seine Sachen zurechtzulegen. »Erzähl mit etwas darüber.«
Sie saß in seinem Zimmer und hörte ihn aus dem Badezimmer sprechen und mit dem Wasser spritzen.
»Wir mußten uns heute ausführlich mit dem gepfändeten Grundstück an Staunton Place befassen. Die Hypothek war fällig, und es scheint, als würden die Erben die Sache laufenlassen.«
Sie hörte ihm zu und dachte, daß sie ihm vielleicht nach dem Abendessen erzählen würde, was der Verleger ihr gesagt hatte. Doch nach dem Essen hatten sie diesen seltsamen Streit, der wie ein unerwarteter Sturm aufgekommen war. Noch nie zuvor hatten sie gestritten, und sie hätte nie gedacht, daß sie einmal streiten würden. Sie saß auf der Couch, und bevor sie sich neben ihn setzte, beugte sie sich über ihn und küßte ihn leicht auf die Wange.
»Das ist kein Kuß!« sagte er mit Schärfe. »Das ist ein Pikken.«
»Ein Schmetterlingskuß«, sagte sie. »Es ist erst der Anfang.« Sie küßte ihn erneut und zwar zum ersten Mal in ihrer Ehe verlegen. Absichtlich preßte sie in einem langen Kuß ihre Lippen fest auf seine.
»Nun?« fragte sie und beugte sich zurück, um ihn anzusehen. »Nun, ist das besser?«
Er blickte sie an, und Kälte sprach aus seinen Augen.
»Ich glaube, du hast dich irgendwie verändert, begann er zögernd. »Seit langem spüre ich, daß du anders bist.«
Seine Kälte drang bis in ihr Herz.

»Aber, Liebling, wieso ...?« stammelte sie und wollte seine Hand fassen. Er aber zündete sich eine Zigarette an.
»Ich wollte nicht darüber reden«, sagte er leise. »Ehrlich, ich hatte mir vorgenommen, nicht davon anzufangen. Ich kann es aber nicht länger ertragen.«
»Aber Hartley«, hauchte sie. »Was soll das heißen?«
»Du bist mit deinen Gedanken ganz woanders. Du scheinst nicht mehr richtig hier zu sein. Du ...«
»Aber – aber ich bin doch bei dir, Liebster«, unterbrach sie ihn. »Wieso soll ich woanders sein?«
Nachdenklich betrachtete er die Zigarettenasche, während sie ihn ängstlich beobachtete.
»Es ist nicht entscheidend, was du tust, sondern was du nicht tust«, meinte er schließlich.
»Und was habe ich deiner Ansicht nach vergessen zu tun?« wollte sie wissen.
»Ach, Kleinigkeiten – Belanglosigkeiten.«
In diesem Augenblick spürte sie, wie sich ihre neue Seele regte, die sich am Nachmittag und bei der alleinigen Autofahrt enfaltet hatte. Ihre Antwort klang gereizt: »Aber, Hartley, ich bitte dich! Weißt du, was du da sagst? Das klingt ja schrecklich! Wieso soll ich anders geworden sein?«
Er wandte sich ihr zu. »Ich bitte dich – ich bitte dich!« Und mit gesenkter Stimme fügte er hinzu: »Das ist nicht meine Nora. Das ist eine völlig andere Frau.«
Entsetzt blickte sie ihn an. Etwas in ihrem Innern lehnte sich auf, als wolle sich ihre Seele rechtfertigen. Beinahe hätte sie gesagt: »Darf ich mich denn nicht ändern? Darf ich mich nicht entwickeln und reifen? Muß ich mit

Dreißig dieselbe unfertige und unterwürfige Frau sein, die ich mit Zwanzig war?«
Sie hatte Angst, daß solche Worte über ihre Lippen kämen. Doch bevor sie diese Gedanken zu Ende formen konnte, schloß er sie in seine Arme und bat: »Liebling, ich liebe dich – bleib so, wie du bist!«
»Ich bin die gleiche«, sagte sie, seinem Mund nahe. Dann wandte sie sich ab. »Bitte, Hartley, laß mich aussprechen. Ich bin immer die gleiche. Für dich werde ich nie eine andere sein. Es bedeutet nichts, ob ich Erfolg habe oder nicht. Der Erfolg wird mich nicht ändern.«
Er ließ seine Arme sinken. »Doch, er wird dich ändern«, widersprach er. »Er wird dich verwandeln. Und wenn du dich wandelst, bist du für mich eine andere.«
Ihr Herz klopfte erregt. »Meinst du ... Du glaubst doch nicht, du könntest mich dann nicht mehr lieben?«
»Natürlich meine ich das nicht so radikal«, erwiderte er ungeduldig. »Ich will damit nur sagen ... nun, ich habe eine Frau geheiratet, und wenn sie sich plötzlich wandelt – verstehst du? Ich muß mich darauf einstellen, mich damit abfinden, und das ist nicht leicht, denn ich kenne diese neue Frau nicht.«
Sie befeuchtete ihre trockenen Lippen. »Bitte, Hartley, ich muß wissen, was du denkst. Es bedeutet für mich Leben oder Tod. Ich bin mir nicht bewußt, daß ...«
»Das macht die Sache ja so unabänderlich«, warf er ein. »Es ist dein Instinkt, du handelst unbewußt. Und der Instinkt ist viel gefährlicher als jegliches Bemühen.«
»Dann sag mir doch, wie ... wodurch ... ich mich geändert haben soll«, bedrängte sie ihn. »Nenne mir Gründe für deine Behauptungen.«

»Gut, hör zu«, sagte er abrupt. »Ich war gewöhnt, daß du dich nur für mich und meine Arbeit interessierst, und merke nun, daß du ein eigenes Leben zu führen beginnst und dich nur wenig um mich und um meine Welt kümmerst.«

Sie dachte nach, und als sie sprach, klang ihre Stimme leise und gedehnt: »Ich möchte wissen, wie du darauf kommst.«

»Auch ... auch wenn wir uns lieben«, fuhr er fort, »bist du nicht mehr dieselbe wie früher. Etwas in dir sträubt sich.«

»Hartley ... oh, Hartley!« wehrte sie schwach ab.

»Das ist die Wahrheit«, verteidigte er sich. »Denkst du, ich wüßte nicht, was los ist?« erklärte er unbeherrscht. »Du mußt doch einsehen, daß all das Kommen und Gehen, diese Journalisten, Verleger und was sonst noch – all dies Zeug in den Zeitungen ...« Er holte tief Luft.

»All dies Zeug ...« wiederholte sie wie betäubt.

Erregt lief er durch das Zimmer und zündete sich eine neue Zigarette an. »Du bist meine Frau, und ich wünsche, daß das so bleibt.«

»Das heißt ...«

»Das heißt, ich wünsche nicht, daß der Name meiner Frau – *mein* Name – in allen Zeitungen steht. Und noch etwas anderes möchte ich dir bei dieser Gelegenheit sagen. Ich möchte dich zwar nicht verletzen, aber was du schreibst, gefällt mir nicht. ›Sturmnacht‹ ... ein hübscher Titel, zugegeben, und die alte Frau darin ist gut. Doch die Szene zwischen dem Mann und dem Mädchen – es ist mir peinlich, wenn die Leute denken, du wüßtest darüber Bescheid. Auch möchte ich nicht, daß die Männer glauben, du gehörst zu dieser gewissen ... Sorte Frau, die solche Dinge kennt. Woher weißt du das überhaupt?« Drohend drehte er sich zu ihr um. »Das wollte ich dich schon lange fragen. Eines Nachts fiel mir das einmal ein: Weiß der Teufel, woher sie solche Dinge kennt. Ich habe mich bisher geschämt, dich das zu fragen.«

Sie saß da, ihr Herz pochte wild, und ihre Hände waren eiskalt. »Ich weiß es nicht«, erwiderte sie tonlos. »Nur ... diese Figur, dieser Mann ... er kann nur so handeln.«

»Und woher kennst du so einen Mann?« begehrte er zu wissen.

»Ich kenne ihn ja nicht«, verteidigte sie sich. »Ich habe ihn erfunden.«

»Eine schöne schmutzige Phantasie!« entgegnete er.

Sie sagte nichts mehr. Es stimmte, ihre Personen benahmen sich, wie sie gerade wollten, und beim Schreiben fielen ihr Dinge ein, die sie nicht kannte, sondern nur fühlte. Sie konnte aber nichts für ihre Gefühle. »Ich kann doch nichts dafür«, gestand sie.

»Gut, dann gibt es nur eine Entscheidung«, bestimmte er abrupt. »Du bleibst meine Frau oder bist es die längste Zeit gewesen.«

Diese unglaublichen Worte sprach er so klar und ruhig aus, wie er auch sonst zu reden pflegte. Doch das leichte Zittern seiner Hand beim Abstreifen seiner Asche verriet ihr seine innere Erregung.

»Liebling!« rief sie mit unterdrückter Stimme. »Aber Liebling! Was steht denn plötzlich zwischen uns?«

Er mochte auf ihren zärtlichen Ton nicht eingehen.

»Leider steht etwas zwischen uns«, nahm er ihre letzten

Worte auf. »Willst du meine Frau bleiben oder nicht?«

Das Telefon neben ihrem Bett läutete schrill und unterbrach die Stille des Raumes. Sie befreite sich leicht betäubt aus ihrer Vergangenheit und nahm den Hörer ab. Kurts Stimme drang wie ein frischer Wind, der alles hinwegfegt, an ihr Ohr.
»Eleanor! Eleanor!«
»Ja, Kurt?«
»Eleanor, ich fahre zum Himalaja!«
»Kurt!«
»Ja! Vorhin erhielt ich ein Telegramm von Hardinger. Er will die Expedition finanzieren. Und ich werde die blaue Blume finden. Ich will ...« Er stockte. »Meine Eleanor! Morgen um neun Uhr komme ich zu dir und frage dich, ob du meine Frau werden willst ...«
Sie lachte. »Nein, das wirst du nicht, Kurt Stenson! Ich muß bis eins arbeiten, und ich will niemand sehen, niemanden, verstehst du?«
»Dann komme ich um eins, und wir gehen gemeinsam zum Essen, und hinterher frage ich dich, ob du meine Frau werden willst.«
»Na schön«, lachte sie, »da ich dich so lange nicht mehr sehen werde,wollen wir noch einmal zusammen essen.«
»Was meinst du mit: mich nicht mehr sehen? Ich nehme dich mit auf unsere Hochzeitsreise! Flitterwochen im Himalaja!«
Wieder mußte sie lachen und hing kopfschüttelnd ein.

II

Sie saßen an einem sonnenüberfluteten Tisch, weil Kurt die Sonne liebte. Er war dem Kellner durch den überfüllten Speisesaal des Hotels bis zu diesem Fensterplatz vorausgeeilt. »Ich begreife nicht, warum die New Yorker gern im Dunkeln speisen«, hörte man ihn sagen. »Am liebsten essen sie in Kellern, Burgverliesen oder sogar in Erdhöhlen. Komm hierher, in die Sonne, Eleanor!« Die Leute ringsum sahen amüsiert oder nachsichtig herüber. »Hier!« bestimmte er siegesbewußt, schob den Kellner beiseite und zog ihren Stuhl hervor. Sie setzte sich und sah ihn strahlend an. Die Sonne fiel auf sein volles, schönes Haar, beschien sein rötliches Gesicht und seine strahlend blauen Augen. Auch sie saß im Sonnenlicht, wahrscheinlich weniger vorteilhaft, wie sie glaubte. Aber es machte ihr nichts aus, denn sie hatte nicht die Absicht, Kurt zu verführen. Man mußte sie nehmen, wie sie eben war.

»Und nun«, begann Kurt, »da wir mit dem Essen fertig sind, wollen wir zur nächsten Tat schreiten. Nimm aber bitte zur Beruhigung vorher eine Zigarette, während ich dir die Einzelheiten unserer Hochzeit unterbreite. Nein, falsch, du brauchst keine Beruhigung. Du bist bei meinen Liebesgesprächen schon viel zu ruhig. Champagner brauchen wir. Herr Ober!«

»Kurt!« protestierte sie lachend. »Sei nicht albern!«

Aber er hörte nicht auf sie. Er strahlte und lachte.

»Herr Ober, Champagner bitte! Aber den besten! Nun, denn – meine Eleanor!«

Sie sah zu, wie der schäumende Sekt aus der Flasche in

ihr Glas perlte, und wußte nicht recht, ob sie über diesen Unsinn verlegen oder belustigt sein sollte.
»Bist du bereit, Eleanor?« Kurt hielt ihr sein Glas entgegen und beugte sich zu ihr. »Auf unsere Hochzeitsreise zum Himalaja!«
Kopfschüttelnd erwiderte sie: »Darauf kann ich nicht anstoßen, Kurt!«
»Nein? Warum denn nicht? Du weißt genau, daß wir heiraten.«
»Niemals«, gab sie gefaßt zur Antwort.
»Dafür sorge ich schon«, blieb er zuversichtlich.
Doch sie schüttelte wiederum den Kopf. »Selbst du bringst das nicht fertig, lieber Kurt.«
Einen Moment lang betrachtete er sie eindringlich und voller Ernst.
»Dann trinke auf mein Wohl, Eleanor, und ich trinke auf das deine.«
»Mit Vergnügen, Kurt.«
Sie tranken.
»Und nun«, begann Kurt erneut, »berichte ich dir von unserer Hochzeitsreise. Reiseführer und Karten habe ich dabei.«
Er holte aus seiner weiten Manteltasche einen Packen Karten und breitete alles auf dem Tisch aus. Sein Gesicht strahlte vor Eifer und Ungeduld, seine großen schlanken Hände griffen eilig hin und her. Amüsiert verfolgte sie seinen Finger, der über das Himalajamassiv hinwegglitt.
»Es gibt zwei Wege, meine Eleanor. Der erste führt über den Atlantik nach Schweden. Dort erwartet dich meine kleine Mutter. Solange ich zurückdenken kann, sagt sie

zu mir: ›Kurt, wann bringst du mir endlich eine Tochter nach Hause? Ich bin es müde, drei Söhne und keine Tochter zu haben, und du als Ältester mußt damit anfangen.‹ Und nun kann ich ihr antworten: ›Mutter, schau her – hier ist deine Tochter.‹ Meine Mutter wird dir gefallen, Eleanor. Sie hat blaue Augen, rote Wangen, und ihr Haar ist ganz weiß. Sie will nur auf dem Land wohnen ... So. Und dann ...«

Sein Finger fuhr rasch weiter südlich.

»... über Deutschland nach Konstantinopel ... noch weiter südwärts, bis zum Roten Meer. Mein Liebling, nur warme Tage und laue Mondnächte und das warme Meer um uns ...«

Er blickte sie an, aber sie vermochte nicht zu sprechen. Es hatte keinen Zweck, jetzt etwas zu erwidern, denn sie wollte sich ihre Worte bis zur letzten abschlägigen Antwort aufheben.

»Und dann, mein Liebling, nach Indien. Dort werden wir uns jedoch nicht lange aufhalten. Indien ist ein tristes Land, nichts für Flitterwochen. Wir fahren sofort nordwärts, ins Gebirge, hinauf in die Sonne und in den Schnee. Dort treffe ich meine Begleiter und die Pferde. Und ich werde dafür sorgen, daß du ein cremefarbenes Pony bekommst, meine Eleanor! Ich kenne einen alten Mann in einem kleinen Ort am Fuße des Gebirges. Er ist Halbtatar und züchtet Gebirgsponys. Zu ihm will ich gehen und mir das schönste für dich aussuchen, eins mit gesunden Hufen, schnellfüßig und ein guter Lastenträger. Gemeinsam reiten wir dann gemächlich hinauf in die Berge. Wir werden uns genau kennenlernen und alles voneinander erfahren. Jeder wird dem anderen sein

Leben, von Beginn an, erzählen, und so werden sich unser beider Leben zu einem gemeinsamen vereinen.«
Sie hörte aufmerksam zu und sah in Gedanken die sich windenden Gebirgspfade und Bergstraßen, das falbe Pony, das große Bergmassiv mit seinen kalten, klaren Tagen und lautlosen, sternhellen Nächten.
Er sprach weiter: »Und dort, mein Liebling, unter den schneebedeckten Gletschern, finden wir – du und ich – unsere blühende Blume.«
Aber es würde ein anderes Leben sein, denn sie kannte bereits zwei: das eine mit Hartley und das andere, das sie nun führte.
Sie kannte auch die beiden Frauen – die eine, die Hartleys Ehefrau war, und die Frau, die sie nun war und allein für sich lebte. Aber die Frau, von der Kurt sprach, die mit dem falben Pony durch das Gebirge ritt, das war eine ganz andere Frau – das war Kurts Ehefrau.
Sie verneinte kopfschüttelnd. »Ich kann dich nicht heiraten, Kurt.«
Sein Finger, über das Himalajamassiv streifend, hielt inne.
»Nein? Noch immer nicht, Eleanor?«
»Nein, Kurt.«
»Und warum nicht?« war seine ruhige Frage.
»Ich ... ich kann einfach nicht«, gestand sie. »Und ich will auch nicht, Kurt.«
Langsam faltete er die Landkarte zusammen und steckte sie in seine Tasche.
»Du willst *mich* nicht heiraten?«
»Ich möchte keinen heiraten«, war ihre Antwort.
Nach einem Zögern sagte er: »Das bedarf nun weiterer

Erklärungen, Eleanor. Daß du *mich* nicht heiraten willst, kann ich verstehen. Ich bin so schwerfällig, ich bin ... nun, ich bin ein Amerikaner mit all den dazugehörigen Papieren, aber ich bin dir fremd, bin neu für dich. Außerdem bin ich unbeholfen und tappe wie ein Rhinozeros in deinen schönen Räumen herum. Aber daß du niemanden heiraten willst, das ist für mich unverständlich, fast unnatürlich.«

»Vielleicht bin ich auch keine natürliche Frau«, warf sie ein, und ihre Lippen bebten leicht, weil sie ein Lächeln versuchte.

»Du? Mit diesem Mund und diesen Augen?« rief Kurt. »Niemals! Als ich dich das erste Mal sah, bei diesem blöden Essen mit dem Dummkopf – dessen Namen ich nicht behalten kann ...«

»Jeremy Prescott«, sagte sie, »der bekannte Kritiker ...«

»Dieser eingebildete Narr«, fuhr er fort. »Niemand außer dir wirkte da natürlich. Du saßest ganz ruhig da, wie eine intelligente Maus.«

»Ich bin keine Maus«, sagte sie beleidigt.

»Nein, und das weiß ich genau«, erklärte er. »Du bist eine eigensinnige, widerspenstige Frau, und ich liebe dich ... Komm! Wir wollen zu dir gehen und dort in Ruhe alles besprechen. Ich möchte wissen, warum du gegen eine Ehe bist. Ich erkenne das Problem. Wenn du überhaupt nicht mehr heiraten willst, warum sollst du *mich* dann heiraten? Langsam begreife ich das ... Kellner!« Er zahlte in großer Hast und half ihr genauso eilig in den Mantel.

»Wir wollen ein wenig laufen«, schlug er vor. »Auf meinen eigenen Füßen fühle ich mich sicherer. Und außer-

dem sorgt die frische Luft für ein besseres Verständnis.«
Er hakte sie unter und paßte sich ihren Schritten an. Es war ein schöner Tag. Die Straßen waren voller gutgelaunter, fröhlicher Menschen. Der Winter war vorüber, man spürte den nahenden Frühling, der Sommer war nicht mehr fern. Die hohen Häuser hoben sich wie Alabastertürme gegen den saphirblauen Himmel ab. Sie fühlte sich wieder sicher.

»Es gibt darüber nicht mehr viel zu sagen«, meinte sie und schaute zu ihm auf. »Ich fühle mich recht glücklich hier. Und wenn ich in New York zufrieden bin, warum soll ich dann zum Himalaja fahren?«

»Aber doch mit mir«, warf er gelassen ein.

»Wenn ich aber allein glücklicher sein kann ...«

»Du bist nicht glücklicher ohne mich«, widersprach Kurt und schritt eilig mit ihr weiter.

Sie stand in ihrem Schlafzimmer vor dem Spiegel und nahm den Hut ab. Dann kämmte sie ihr Haar, wusch sich die Hände und ging zum Fenster. Sie schaute hinunter auf die Straße. Kurt wartete nebenan im Wohnraum. Kurt mit seinen Himalaja-Plänen, seiner Romantik und seinen Ideen von dem gewaltigen Bergmassiv, von Sonne und Luft. Er war immer für frische Luft. Sie mußte bei dem Gedanken lachen. Saß er irgendwo, so öffnete er das Fenster. Er war mit keinem anderen Mann zu vergleichen. Er verdiente alles, was sie ihm geben konnte, und wenn sie ihm keine Liebe zu geben vermochte, so doch bedingungslose Offenheit. Zu dieser Überzeugung war sie nun gekommen. Sie wollte ihm alles sagen, die ganze und schlichte Wahrheit, warum sie nicht wieder heiraten möchte. Alles sollte er über ihr Leben erfahren, und er würde sie völlig verstehen. Das wäre eine echte Basis für ihre Freundschaft, nur so könnte sie Bestand haben. Sie wandte sich schnell zur Tür.

Es war jedoch nicht leicht, einen Anfang zu finden. Bisher hatte sie Kurt kaum etwas von dem anderen Ich in ihr erzählt. Warum sollte sie ausgerechnet jetzt über eine Frau sprechen, die längst tot war? Sie setzte sich in den blauen Sessel. Die blauen Seidenvorhänge wehten leicht im Wind, der vom offenen Fenster kam, neben dem Kurt wartend saß, sein dichtes Haar zerzaust. Sie sah ihn an.

»Nun?« fragte er aufmunternd lachend.

»Womit soll ich beginnen?« fragte sie.

»Womit du willst«, antwortete er. »Ich bin gewohnt, mir aus den kleinsten Dingen ein Ganzes zu bilden. Das ist meine Arbeit als Wissenschaftler.«

Sie zögerte und betrachtet ihre gefalteten, ringlosen Finger. »Vielleicht sollte ich am besten damit beginnen«, sagte sie langsam, »daß mein Ehemann zu mir sagte: ›Du mußt jetzt wählen zwischen deiner Schreiberei und mir‹.« Sie blickte zu ihm hinüber.

Er saß ruhig da, der Wind strich durch sein Haar, sein Gesicht drückte volles Vertrauen aus. Sie schaute auf ihre Hände. »Es kam allerdings nicht sofort zu dieser Entscheidung«, fuhr sie fort und war bemüht, ihn nicht anzusehen. Sie sprach schnell weiter. »Er stellte mich eines Abends vor die Wahl. Nach dem Essen bekamen wir unvermutet Streit. Heute weiß ich, daß viele kleine Dinge, die ich vorher nie bemerkt hatte, zu einer Lawine angewachsen waren.« Sie stockte. »Du mußt verstehen,

Kurt, zu jener Zeit war ich eine völlig andere Frau. Ich liebte meinen Mann und war glücklich verheiratet und hätte mir nie träumen lassen, daß irgend etwas unsere Ehe trüben könnte. Hartley liebte mich auch, daran gab es keinen Zweifel. Ich kann dir jetzt nicht genau schildern, wie alles kam. Hätte ich mein Schreiben aufgegeben, wäre sicher alles leichter gewesen. Aber das konnte ich nicht.«

Sie überlegte. »Myra, meine Freundin, verstand das nicht, und ich konnte es ihr auch nicht begreiflich machen; denn ich wußte, gäbe ich das Schreiben auf, würde ich langsam eingehen. Das heißt – ich wäre Hartleys Frau geblieben, innerlich jedoch abgestorben. Ich kann das nicht genau erklären. Es ging mir nicht um Erfolg, Geld oder Ruhm. Ich war mir auch bewußt, daß die Welt nicht auf meine Bücher warten würde. Es ging mir um mich, um mein Leben, um meine Existenz.«

»Ich kann das verstehen, meine Eleanor«, warf Kurt mit ruhiger Stimme ein. Er, der sonst Ruhelose, voller Dynamik, saß nun still da. Man konnte ihn nie übersehen, er war groß und schwer, hatte eine volltönende Stimme, und seine Augen wirkten anziehend. Jetzt jedoch schien er in sich zurückgezogen, als wolle er ihr Erzählen nicht stören. Unbehelligt seiner Anwesenheit, sollte sie sich in jene Jahre zurückdenken.

»Er stellte mich also an jenem Abend vor diese schreckliche Entscheidung, die ich jedoch nicht traf. Ich mochte nicht einsehen, daß ich zu wählen hatte, und war überzeugt, diese Krise ginge vorüber und ich könnte ihm meine Liebe erneut beweisen. Ich achtete sogar darauf, daß er mit meiner Arbeit nicht mehr konfrontiert wurde, und schrieb nur in seiner Abwesenheit. Aber das war vergebens, denn auch das zweite Buch war wieder ein Erfolg, dessen ich jedoch nicht froh wurde. Ich hatte große Angst und sprach mit ihm kein Wort darüber. Aber er erfuhr es von den anderen, die ihm gratulierten und ihn sogar aufzogen: ›Wie fühlst du dich als Ehemann einer so berühmten Frau, Hartley?‹ oder: ›Du wirst dich doch jetzt nicht mehr länger abschuften, wenn deine Frau das Geld so leicht verdient!‹«

Überlegend hielt sie inne. »Geld – das war das nächste Problem; denn es störte ihn gewaltig, daß ich viel mehr verdiente als er, und er verlangte von mir, jeden Betrag auf ein gemeinsames Konto einzuzahlen. Wenn ich ein eigenes Konto hätte, so meinte er, und vor ihm stürbe, dann bekäme er nur Schwierigkeiten. Da ich mir nicht viel aus Geld machte, kam ich seinem Verlangen nach. Doch eines Tages vertrat er den grotesken Standpunkt, daß er allein der Eigentümer dieses Kontos wäre. Ich wollte einmal einen Betrag – keinen großen übrigens – für das Waisenhaus abheben. Wir bekamen keine Kinder, und er wollte keine adoptieren. Und daher besuchte ich manchmal das Waisenhaus und spielte dort mit den Kindern. Sie brauchten eine neue Babywiege, die ich ihnen schenken wollte, womit er jedoch nicht einverstanden war.

»Unerhört!« rief Kurt empört.

»Das soll nicht heißen, daß er dem Waisenhaus das Geld nicht gönnte«, fuhr sie rasch fort. »Nein, das nicht. Vielmehr – und das erkannte ich erst viel später – sollte ich nicht das Gefühl haben, über eigenes Geld verfügen zu können.«

»Dein Geld!« warf Kurt ein.
»Nein«, entgegnete sie, »das war es ja gerade: Nicht *meins.* In seiner Vorstellung war ich sein Eigentum, und was mir gehörte, gehörte auch ihm. Er pflegte zu sagen: ›Wir sind eine Person. Du kannst nicht selbst entscheiden.‹ Und mir kam es nie in den Sinn, ihm vorzuhalten, ›Aber du darfst alles allein tun.‹ Zum Beispiel Aktien kaufen, wovon er mir nie etwas gesagt hatte.«
»Dieser Schuft!« erregte sich Kurt.
Doch sie schüttelte den Kopf. »Nein, ich erzähle nicht weiter, wenn du so etwas sagst. Er war kein Schuft. Er war ein guter Mensch, vor dem die Leute Hochachtung hatten – ich auch. Er konnte sehr charmant sein, auf seine Art. Du mußt bedenken, Kurt, daß ich sehr glücklich war. Ich fühlte mich weder mißverstanden noch zurückgesetzt oder ähnliches. Nein, nichts dergleichen. Er betrachtete mich vielmehr als sein Eigentum, selbst meine Gedankenwelt sollte ihm gehören. Und auf einmal sollte das nicht mehr der Fall sein? Anfangs, dessen bin ich sicher, fühlte er sich nur verletzt oder isoliert. Solange ich nur kleine Sachen schrieb und sie ihm vorlas, hatte er nichts dagegen. Das echte Problem kam erst nach ›Sturmnacht‹. Nach den vielen Leserbriefen, Anrufen und Besuchen. Es war, als stürmte man unsere Wohnungstür und überfiele unser stilles Haus ... Aber ich konnte nichts mehr ändern. Es war geschehen, doch ich hatte es nicht erwartet. Es war unvermeidlich. So wie ich lebte und dachte, so hatte ich es niedergeschrieben. Ich sandte das Manuskript ein und wünschte natürlich, daß man es gut fände. Als dann das fertige Buch, gedruckt und gebunden, in meinen Händen lag, war es für mich

lediglich ein Endprodukt, wie es für den Bildhauer die Plastik ist, wenn sie, in Bronze gegossen, fertig vor ihm steht. Bevor ich es überhaupt recht erfassen konnte, war die Tür eingerannt, und niemand vermochte sie wieder aufzurichten.«

Kurt wurde ungeduldig. »Selbst wenn du es gekonnt hättest, meine Eleanor, wäre nichts Gescheites herausgekommen. Das Talent war geweckt, und du wärest nie wieder du selbst gewesen, hätte man es zugeschüttet und eingesperrt.«

Überrascht sah sie ihn an. »So empfindest du, Kurt?«

Er lachte, sein kurzes lautes Lachen. »Du hast ein Recht, du selbst zu sein. Das empfinde ich«, gab er zu.

»Ja«, sinnierte sie. »Es hat lange gedauert, bis ich die Dinge so sah, und vielleicht noch länger, bis ich begriff, daß Hartley mit mir auch nicht glücklich sein konnte, wenn ich mich nicht verwirklichen durfte. Aber zu der Zeit war ich zu einer Entscheidung nicht fähig.«

Sie überlegte und machte ein Pause. »Ich liebte ja unser Leben. Ich liebte das Haus, jeden Raum, jedes Möbelstück, selbst die unterschiedlichen Aussichten aus den Fenstern. Doch diese Frau, die einmal Hartleys Ehefrau war, schleppt in ihrer Erinnerung immer dieses Haus mit sich. Nie könnte sie hier in New York, zwanzig Stockwerke hoch, allein leben. Warum? Sie hätte Angst, nur eine einzige Nacht hier verbringen zu müssen. Aber eine neue Frau drängte aus ihr, ungewollt, unausweichlich. Hartley zwang sie förmlich ans Licht, nicht wissend, was er tat.«

»Ich sagte ja: der Schuft!« rief Kurt zornig.

»Nein, Kurt!« entgegnete sie aufgebracht. »Du wirst

mich nie begreifen, wenn du nicht versuchst, ihn zu verstehen. Versuche es wenigstens und versetze dich einmal in seine Lage.«
»Ich?« rief er fassungslos. »Ich, der dich liebt?«
»Hartley liebte mich auch«, erwiderte sie.
»Er liebte seine Ehefrau – nicht dich«, widersprach er.
Sie wurde stutzig. »Vielleicht hast du recht«, überlegte sie. »Vielleicht liebte er mich nur, weil ich seine Ehefrau war. Trotzdem hatte ich Schuldgefühle für diesen Wandel in ihm. Wäre ich jedoch so geblieben, wie er mich kannte, so wäre er, ähnlich einem starken Baum, aufrecht weitergewachsen. Aber ich habe ihn gekrümmt – durch mich ist er verwachsen. Er wurde zusehends ein Fremder, Kurt, und ich ertrug es, weil ich mich schuldig glaubte.«
Sie unterbrach sich und benetzte ihre trockenen Lippen. »Und dann?« wollte Kurt wissen und hielt mit seinen großen schlanken Händen seine Knie umschlungen.
»Wie du jetzt weißt, traf ich keine Entscheidung. Das war zu der Zeit, als ich ›Der Wind weht‹ schrieb. Ich war zu beidem unfähig: ich konnte weder ihn noch das Schreiben aufgeben. Ich dachte auch nie ernsthaft an die Möglichkeit einer Entscheidung. Vielmehr war ich überzeugt, eines Tages das Schreiben aufgeben zu müssen, weil mir nichts mehr einfallen würde. Er aber wurde härter, unnachgiebig, eben anders. Alles war falsch, jede Kleinigkeit, und er begann sogar, mich vor anderen Leuten zu korrigieren. Nicht einmal eine Blume konnte ich in eine Vase stellen, ohne daß sein Verweis kam. Ich gab das Autofahren auf. Er bemängelte meine Kleidung

und tadelte meine Frisur. Aber ich fand keinen Weg, es ihm recht zu machen. Ich konnte kaum mehr atmen. Wie eine Gefangene kam ich mir vor und fühlte mich erst frei, wenn er gegangen war und ich in meinem Zimmer arbeiten konnte. Unser Problem wurde nie mehr besprochen.«

Kurt saß sehr aufrecht da und blickte sie an. Sein Atem ging schwer, doch sein Mund blieb verschlossen.

Sie fuhr fort: »Der Gedanke, ihn zu verletzen, quälte mich, doch vergeblich suchte ich einen Ausweg. Sobald ich schrieb, fühlte ich mich frei – nur wenn ich schrieb.«

Sie zitterte am ganzen Körper und sprach hastig weiter. »›Der Wind weht‹ wurde ein noch größerer Erfolg als der erste Roman, und es war unmöglich, dies vor ihm zu verbergen. Beide ahnten wir, daß die Würfel nun gefallen waren. Es war weder seine noch meine Schuld. Die Frau, die ich jetzt bin, wurde damals geboren, und sie übertraf die andere Frau. Und das erkannte er. Ich brauchte kein Wort zu sagen. Als wir eines Abends, wie so oft, zusammensaßen, spürte ich, daß Hartleys Frau tot war. Wäre er fähig, die neue Frau, die ich nun bin, zu lieben, so könnte auch ich ihm in Liebe verbunden bleiben. Ich sprach mit ihm darüber. Ich sagte: ›Hartley, liebst du mich trotz allem?‹ Und er sagte: ›Du bist nicht mehr dieselbe Frau.‹ Ich war furchtbar erschrocken über die Art, wie er sprach und mich ansah – so kalt! Und als ich sagte: ›Aber *dich* liebe ich, Hartley‹, antwortete er: ›So? *Ich* habe mich ja nicht verändert‹. Was konnte ich darauf erwidern? Ich sagte: ›Dann wird wohl für mich in deinem Haus kein Platz mehr sein, Hartley, und es ist am besten, ich gehe‹. Er gab keine Antwort und stützte seinen Kopf in die Hände. Ich stand auf und konnte es nicht fassen, daß er mich nicht zurückhielt. Ich wartete auf sein: ›Bleib hier, mein Liebling, geh nicht fort!‹ Umsonst. Meine Hand ruhte auf seiner Schulter, doch er rührte sich nicht und sagte kein Wort. Ich ging hinauf, packte ein paar Sachen und kam wieder herunter. Er saß noch immer da. Ich ging hinaus und holte den Wagen. Der kleine Hund kam gesprungen und wollte mitkommen. Aber selbst ihn konnte ich nicht bei mir haben. Ich wollte allein sein, ganz allein. So fuhr ich fort und kam nie wieder zurück.«

Sie schluckte schwer. »Bei der Beerdigung seiner Mutter sah ich ihn wieder, und als er voriges Jahr heiratete, weinte ich zwar ein wenig, aber andererseits war ich auch froh darüber.«

Sie zitterte und fröstelte, als hätte sie ihre Kleidung abgelegt. Sie blickte nicht auf und war bemüht, die Unruhe zu unterdrücken. Kurt war aufgesprungen und hatte seine Arme, warm und dicht, um sie geschmiegt. Er zog sie empor, und seine Worte überstürzten sich.

»Darf ich dich denn jetzt wenigstens fragen, ob du meine Frau werden willst? Ich möchte dich heiraten, nur dich – so wie du jetzt bist. Hartleys Frau hätte ich nie lieben können. Ich liebe dich, die Frau, die jetzt vor mir steht, dein wahres Du!«

Es war so beglückend, seine Wärme und sein Interesse zu spüren, seinen kräftigen Körper zu fühlen und zu wissen, daß sie bei ihm ihre Selbstbestätigung fand. Doch gleichzeitig war sie verwirrt. Noch nie zuvor hatte sie ihm erlaubt, sie zu umarmen, und plötzlich fürchtete sie sich vor seiner Nähe. Sie waren keine Kinder mehr, die sich an Küssen und Liebkosungen versuchen. Eine zu tiefe Macht hatte von ihnen Besitz ergriffen. Im Schutz seiner Arme fühlte sie sich geborgen und legte vertrauensvoll ihre Wange auf seine Brust. »Oh, Kurt«, flüsterte sie mit geschlossenen Augen – und erschrak. Was machte sie hier in seinen Armen? In einem Augenblick wie diesem konnte sie das verlieren, was ihr am wertvollsten war: die Freiheit, sie selbst zu sein, diese Freiheit, die ihr so viel gekostet hatte. Würde sie Kurt heiraten, dann wäre sie seine Ehefrau – und wäre diese besser als Hartleys Frau? Ungestüm löste sie sich aus seinen Armen.

»Sobald wir verheiratet wären, Kurt, würde deine Liebe allmählich verblassen. Die Mahlzeiten nähmen wir gemeinsam ein, im Hause sähe ich nach dem Rechten, bemüht, dir ein behagliches Heim zu richten. Und nichts wäre mir zu viel. Aber innerlich, da sträubte sich alles dagegen, deine Ehefrau zu sein. Nein, nein! Ich kann nicht mehr heiraten. Eine Frau wie ich, die schöpferisch tätig sein will, darf sich nicht binden. Das habe ich ein für allemal gelernt.«

Während des Redens hatte sie sich mit ein paar Schritten von ihm entfernt, und er starrte sie an, als hätte sie ihn mit einem Pfeil durchbohrt. Die Farbe war aus seinem Gesicht gewichen, und sein Atem ging schwer.

»So, du hältst mich nur für einen anderen Mann – einen zweiten Hartley sozusagen!« Sie streckte ihm rasch ihre Hand entgegen, er aber übersah sie. Es brach förmlich aus ihm heraus: »Du glaubst meinen Worten nicht ...«

Er nahm sie bei den Schultern, schüttelte sie ein wenig. »Glaubst du vielleicht, mir geht es um Mahlzeiten? Mir ist es egal, ob ich etwas zu essen habe oder nicht. Meinst du, mir liegt etwas an einem Heim, in dem meine Frau sich nicht wohl fühlt? Hör mir gut zu: ich sage dir noch einmal, ich liebe dich und möchte, daß du mich heiratest – wie ich dich auch heirate. Du sollst deine Arbeit tun, ich werde meine Arbeit tun, und wir werden uns in Ruhe lassen, weil wir uns lieben ...« Seine Stimme wurde sanft. Er nahm sie bei der Hand und zog sie neben sich auf die Couch. »Eleanor, meine Liebe hat nur Bestand, wenn du glücklich, frei und ganz du selbst sein kannst. Ich möchte dich nicht formen, noch sollst du dich wandeln. Ich werde nicht eifersüchtig, sondern stolz auf dich sein. Ich möchte dich und deine Arbeit respektieren. Ich bitte dich nicht, meine Frau zu werden. Ich bitte dich, mich zu heiraten. Ich brauche keine Frau – ich brauche dich!«

Sie lauschte, trank geradezu die Worte von seinem Mund, verwundert und dennoch zweifelnd.

»Es klingt schön, was du sagst«, gestand sie. »Aber ich kann es kaum glauben. Ich wünschte, ich könnte es – wie ich an Gott glauben möchte. Aber mir ist bewußt, sobald wir zusammenleben, übernehme ich unvermeidlich die Aufgaben einer Ehefrau. Und die Pflichten einer Frau verlangen: Anpassung, Anordnungen vollziehen, Forderungen akzeptieren ...«

»Ich fordere nie«, entgegnete Kurt rasch.

»Lieber Kurt, du würdest es gar nicht merken, wie du plötzlich zu fordern beginnst.«

Mit jedem Wort, das sie sprach, bestärkte und bestätigte sie sich selbst. Sie fühlte ihre alte Sicherheit zurückkehren, die entschwunden war, als sie in Kurts Armen lag

und dort Schutz gesucht hatte. Aber Schutz konnte auch Gefangenschaft sein. Beinahe hatte sie sich aufgegeben. Sie holte tief Atem und lächelte ihm zu.
Bevor er etwas sagen konnte, klopfte Mattie an die Tür. Sie kannte Matties hartes Klopfen, das sie nun dankbar empfand.
»Komm herein, Mattie«, rief sie.
Mattie steckte ihren Kopf durch die Tür. »Miss Eleanor, Miss Myra anrufen, als Sie weg waren. Sie kommen Sie besuchen, muß gleich hier sein. Soll ich machen Tee?«
»Myra ...? Ja, bereite Tee vor, das ist schön.«
»Gut, Madam.«
Mattie schloß die Tür. Eleanor wandte sich wieder Kurt zu. »Kurt, bleib hier. Myra wird dir gefallen.« Sie wird mir eine Hilfe gegen ihn sein, dachte sie bei sich.
»Nein«, bestimmte er, »nein. Ich bleibe nicht länger.« Er stand auf. »Ich muß gehen. Ich habe vieles zu überdenken.«
Sie erhob sich ebenfalls, sein Abschied tat ihr leid. »Überdenken? Was gibt es noch zu überdenken?«
»Wichtiges. Ich weiß genau, worüber ich nachdenken muß. Zum Beispiel, wie ich dir beweisen kann, was für mich das Wort ›Heirat – unsere Heirat‹ bedeutet.«
»Kurt, bitte!« bat sie.
»Sei unbesorgt, Eleanor. Es ist mein Problem, nicht deines. Ich kenne nun deine Ansichten und möchte dir keine Vorwürfe machen. Aber du solltest die Dinge von einem anderen Gesichtspunkt aus betrachten, und dabei möchte ich dir helfen. Ich werde dich solange nicht mehr bitten, mich zu heiraten, bis du erkennst, was ich meine. Erst dann werde ich dich wieder fragen. Und

wenn du dann ›nein‹ sagst, meine Eleanor, dann ist mir klar, daß ich dich nicht lieben darf.«

Es läutete an der Haustür, und kurz darauf hörte man eine helle Stimme in der Diele rufen: »Mattie, das ist ja nicht möglich! Hast du vielleicht Käseplätzchen gebakken? Ich rieche nämlich so etwas!«

»Und deswegen sage ich auch nicht ›Auf Wiedersehen‹, Eleanor.«

»Aber, Kurt!«

»Also!« Er nahm mit beiden Händen ihre Hand, und sie beugte ihren Kopf und legte ihr Gesicht darauf. »Sollte ich jemals wieder heiraten, dann käme kein anderer Mann in Frage außer dir, Kurt, aber ...«

»Gut, nicht weiter ... wir wollen sehen.«

Er lachte sein altes unbekümmertes Lachen und senkte beim Sprechen die Stimme: »Ich verschwinde jetzt durch das Speisezimmer in dieser Richtung, denn sie braucht mich nicht zu sehen.« Und schon war er weg.

Sie war froh, als kurz darauf sich die Tür öffnete und sie Myra erblickte, Myra, wie stets strahlend, wohlgelaunt und gut aussehend.

»Hallo, meine Liebe!« Myra küßte sie zur Begrüßung auf beide Wangen. »Es ist mir völlig gleichgültig, ob du berühmt bist, überbeschäftigt oder was sonst noch. Ich mußte dich einfach einmal wiedersehen. Und außerdem hat Mattie mir versprochen, Käseplätzchen zu bakken.«

»Eben hatte ich mir gewünscht, daß jemand käme«, sagte Eleanor lächelnd. »Ich bin fast jeden Abend allein.«

»Leider kann ich nicht lange bleiben, meine Liebe. Hal glaubt sonst, ich hätte ihn verlassen, wenn er nach Hau-

se kommt und ich bin nicht da. Ich war den ganzen Nachmittag einkaufen.«
Sie warf Mantel und Hut auf die Couch, ihre Handschuhe fielen zu Boden. Eleanor bückte sich, um sie aufzuheben. »Entschuldige«, rief Myra, »immer fällt mir etwas hin ... Nora, Liebling, es ist so schön, dich zu sehen. Ich habe dich so sehr vermißt. Jedesmal, wenn ich an euerm Haus vorbeikomme, kann ich es nicht fassen, daß du dort nicht mehr wohnst.«
Sie setzte sich und strich mit beiden Händen ihr kurzes dunkles Haar zurecht. Plötzlich lachte sie. »Ich muß dir unbedingt etwas erzählen, Eleanor. Ich weiß, du nimmst es mir nicht übel, weil du Sinn für Humor hast. Weißt du ... Elsa ... es ist wirklich komisch ... aber sie ist dir zum Verwechseln ähnlich ... sogar mehr noch, als du selbst es früher warst. Nicht, wie du jetzt bist. Nie hätte ich es für möglich gehalten, daß jemand sich so schnell verändert. Aber sie, mein Gott ... wie sie spricht, wie sie sich bewegt – besonders wie sie Hartley ansieht – genau wie du früher. Und nichts, gar nichts hat sich verändert – in dem Haus, meine ich.«
»Warum auch?« fragte Eleanor. »Alles mußte so sein, wie Hartley es wünschte, und ich vermute, auch heute wird es so sein.«
»Du bist kein bißchen verbittert, nicht wahr?« fragte Myra, ihre schwarzen Augen schauten überrascht.
»Nein, nicht im geringsten«, beruhigte Eleanor sie und schenkte Tee ein. »Nimmst du Sahne, Myra? Hier ist auch dein Käsegebäck. Mattie hat es extra für dich mit Butter bestrichen. – Nein, Myra, warum sollte ich verbittert sein? Ich habe freiwillig gewählt.«

Sie dachte bei sich: Ich würde mich heute wieder so entscheiden.
»Ja, natürlich«, erwiderte Myra. »Aber sag selbst, ist das nicht komisch, was ich dir über Elsa erzählte?«
Eleanor lächelte, ohne zu antworten. Myra erwartete auch keine Antwort, denn sie redete pausenlos weiter. »Ich muß dir ganz ehrlich gestehen, Eleanor, ich weiß nicht, ob ich dich beneiden oder bemitleiden soll. Das hängt wahrscheinlich ganz von meiner Stimmung ab. Wenn Hal schlecht gelaunt ist und die Kinder herumtoben, dann fällst du mir ein, und ich möchte alles hinschmeißen. Ist aber alles wieder im Lot, denke ich genau das Gegenteil: wie schrecklich müßte es doch sein, das Haus zu verlassen und ohne meinen Mann und die Kinder zu leben, so ganz allein! Na ja, du hattest keine Kinder. Du hast Glück gehabt, aber ... hättest du welche gehabt ...« Höflich lächelnd hörte Eleanor nur mit halbem Ohr zu, schenkte Tee ein, bot Gebäck an, und so ging der Nachmittag vorüber. Am Himmel zeichnete sich der Sonnenuntergang ab.
»Ich muß jetzt gehen.« Myra setzte ihren Hut auf. »Es war schön, hier in diesem ruhigen Raum zu sitzen und sich einmal richtig auszusprechen.«
»Ich bin froh, daß du ausgerechnet heute gekommen bist«, sagte Eleanor.
Bevor Myra sich zum Gehen wandte, nahm sie impulsiv Eleanors Gesicht in ihre beiden Hände und blickte ihr tief in die Augen. »Ich wette, du bist glücklich?« wollte sie wissen. »Gewiß«, war Eleanors besonnene Antwort. Myra sah sie prüfend an. »Sonderbar, aber du scheinst es wirklich zu sein«, meinte sie und ließ die Hände sinken.

»Also dann bis bald, meine Liebe.«
»Lebewohl«, sagte Eleanor.
Und nun war sie wieder allein, was ihr sogar angenehm war. Myra hatte Kurt vertrieben, und nun war Myra gegangen. Die Einsamkeit störte sie nicht, denn das bekannte und angenehme Verlangen durchströmte sie, und als Mattie das Teegeschirr abräumte, sagte sie: »Mattie, ich möchte durcharbeiten und nicht gestört werden. Stell das Abendessen nachher hierhin, aber ohne viel zu reden. Ich brauche Ruhe.«
»Ja, Miss Eleanor«, erwiderte Mattie bescheiden.
Sie setzte sich an ihren Schreibtisch, der Alltag schien weggewischt und mit ihm sie selbst. Ihre Gestalten drangen ins Zimmer, und sie begann, schnell und eifrig zu schreiben, als hätte es Kurt nie gegeben. Die Sonne ging langsam unter, und die Nacht senkte sich auf das Land. Sie merkte es nicht, und es kümmerte sie auch nicht. Unter ihren Fingern begannen ihre Menschen Gestalt anzunehmen – sie gab ihnen Leben.
Als sie am nächsten Morgen aufwachte, hörte sie Matties Schritte vor ihrer Tür.
»Komm herein, Mattie«, rief sie verschlafen. Mattie steckte den Kopf zur Tür herein. »Ich Sie nicht wecken wollen«, entschuldigte sie sich.
»Schließ die Tür, Mattie, und schleich nicht wie die Katze um den heißen Brei«, sagte Eleanor gutgelaunt. Es war wunderbar, nach dem langen Arbeitsstreß wach zu werden, mit dem zufriedenen Gefühl, es geschafft zu haben.
»Telegramm gekommen, aber ich nicht bringen, weil jeden Tag Telegramm kommen. Dann noch eins kom-

men und noch eins. Vier Stück da. Alle von selben Stadt. Telefon auch immer läuten – immer selber Mann.«

»Mr. Stenson?« fragte Eleanor.

»Nein, Madam, Mr. Brady.«

»Gib mir die Telegramme«, sagte Eleanor. Gähnend richtete sie sich im Bett auf. Mr. Brady war ihr Agent. Sie öffnete einen der Umschläge.

»Immer wenn Telefon läuten, auch Telegrammbote kommen«, erzählte Mattie weiter.

Eleanor las. »Es ist nur beruflich.«

»Und dafür ganze Aufregung?« stellte Mattie enttäuscht fest. »Gut, ich jetzt bringen Frühstück.« Sie eilte hinaus.

Eleanor breitete die Telegramme vor sich aus; alle enthielten denselben Inhalt. Man gab ihr die Chance, von der sie nicht zu träumen gewagt hatte. Michael Bredon, der bekannte Theaterproduzent, wollte ›Sturmnacht‹ in einer Bühnenfassung aufführen. Sie war verblüfft, aber hier stand es: »Bredon ist überzeugt, der Roman wird ein großartiges Bühnenstück. Erbitte umgehende Antwort.«

Welch ein Glück, daß sie gestern in Kurts Armen nicht nachgegeben hatte! Zitternd hatte sie den Höhepunkt einer großen Liebe erlebt, bereit, sich bedingungslos in Kurt zu verlieben, selbst auf die Gefahr hin, wieder die Verliererin zu sein. Aber das hier, das war ihr Rettungsanker. Sie konnte unmöglich eine Hochzeitsreise zum Himalaja unternehmen, während hier ein Stück geschrieben und produziert werden sollte, das sie monatelang in Atem halten würde. »Oktober Produktion stop eilt«, mahnte ein anderes Telegramm. Sie nahm den Te-

lefonhörer neben ihrem Bett auf und wählte eine Nummer. Dann diktierte sie schnell ins Telefon: »Western Union ... Ja .. Brady ... ja, das ist die Adresse. Teilt Bredon mit, ich akzeptiere mit Vergnügen. Dank Eleanor Dane.«
Ein Tag nach dem anderen verflog, als ihr zwischendurch einfiel, wie gut es für Kurt war, sie nun so zu erleben, wie sie wirklich war: im Arbeitsfieber und übergroßen Eifer. Sie erlaubte sich keine Muße, arbeitete wie besessen und war restlos in Anspruch genommen. Öfters kam Kurt, blieb aber nie lange. Manchmal, vom Schreibtisch hochblickend, schien es, als tauche sie aus einer anderen Welt auf, vertieft in die Dialoge mit ihren Bühnengestalten. Schemenhaft sah sie Kurt im Türrahmen stehen und ihr zulächeln. Oft war sie in Gedanken so fern, daß sie kein Wort hervorbrachte und in die Versunkenheit ihrer vielstimmigen Welt zurücktauchte und nicht wahrnahm, ob er blieb oder ging. Als sie ihn einmal beim Namen anrief, legte er einen Finger auf den Mund und entfernte sich.
Im Theater begannen die ersten Proben, denen sie beiwohnte. Die Figuren aus ihrem Roman existierten nun wirklich, und dieses neue Medium gab ihr die Möglichkeit, alles aus einer näheren Perspektive zu beobachten. Ihre bisherigen seitenlangen Beschreibungen von Wald, Himmel, Häusern, ihre epischen Berichte, wie dieser lebt, was jener tut, und weshalb der andere so handelt, wurden nun gegenstandslos. Statt dessen sah sie mit eigenen Augen jetzt die Bewegungen, hörte echtes Sprechen, erlebte Zeit und Raum. Sie prüfte Licht und Dunkelheit, maß die Wirkung der Beleuchtung, erfaßte die

Klänge des Windes und kritisierte die Geräusche des Gewitters. Eines Nachts, in den wenigen Stunden, die ihr zum Schlafen blieben, wurde sie von ihrem eigenen Lachen wach und dachte: »Selbst im Schlaf spiele ich alle Rollen durch. Ich pfusche Gott ins Handwerk, denn gleich ihm erschaffe ich Personen.« Noch nie hatte sie sich derart ausgeglichen, fast glücklich gefühlt. Sie schlief in Intervallen, aß zwischendurch, wann sie gerade Zeit hatte, feilte stundenlang an ihren Bühnenfiguren, schrieb um, verbesserte und machte eine neue Fassung. Im Besetzungsbüro überprüfte sie Hunderte von Schauspielern, Männer und Frauen, Junge und Alte, und fand endlich die passenden Gesichter und Stimmen, die ihrer Vorstellung entsprachen. An sich selbst dachte sie überhaupt nicht. Sie ging restlos in ihrer Arbeit auf, wie noch nie zuvor im Leben, auch nicht, als sie noch Hartleys Frau war. Dachte sie einmal flüchtig an Kurt, so kam es ihr vor, als wäre er jemand, den sie vor sehr langer Zeit gekannt hatte. Sie war froh, daß sie ihm die Wahrheit über sich gesagt und Schluß gemacht hatte, bevor diese Arbeit gekommen war.

Der Sommer ging vorüber, der September begann mit fieberhaften Proben. Bredon arbeitete eisern und bedingungslos. Er war äußerst pünktlich, anspruchsvoll und stellte sehr hohe Anforderungen an alle Beteiligten. Er wollte Perfektion erzwingen. Unter seiner Regie entdeckte sie neue Nuancen und neue Gesichtspunkte. Sie war jetzt bei allen Proben zugegen. Aus dem Dunkel des leeren Zuschauerraumes verfolgte sie ihr Werk.

Trotz aller Hektik der Proben behielt sie einen kühlen Kopf und einen scharfen Blick für ihre Figuren; was nicht stimmte, wurde gestrichen. Mit einer Disziplin ohnegleichen, die sie nie für möglich gehalten hatte, begriff sie, daß eine Szene, die sie besonders mochte, herausgenommen werden mußte, weil sie zum Stück nicht paßte. Nun, auf der Bühne dargestellt, entdeckte sie Fehler, die sie beim Lesen nicht bemerken konnte, was sie in Erstaunen setzte, und sie war meist die erste, die das laut monierte. Allein in der Dunkelheit sitzend, rief sie zur Bühne hinauf: »Die Szene muß raus! Sie stimmt nicht!« Mürrisch wandte Bredon ihr seinen Kopf zu: »Übernehmen Sie doch die Regie!«

Doch seelenruhig, über die leeren Sitzreihen hinweg, widersprach sie: »Von mir ist ja schon das Stück!«

»Schon gut – schon gut!« stimmte er zu, und jeden Tag bewilligte er ihr mehr Mitspracherecht. »Sie haben recht. Wir kriegen das schon hin! Es gibt aber noch 'ne Menge Arbeit bis zum Schluß.«

Doch endlich bestimmte er: »Wir haben es geschafft. Ihr Stück steht!« Und zum ersten Mal seit Monaten kam sie wieder zur Besinnung.

Sie lebte noch, war ein Mensch aus Fleisch und Blut, müde, aber glücklich. Sie wollte nur schlafen, schlafen ... Sie stolperte erschöpft über ihre Türschwelle, und Mattie kam herbeigelaufen.

»Miss Eleanor, Sie krank?«

»Nein, im Gegenteil, ich fühle mich wunderbar, glücklicher denn je. Aber ich sterbe vor Hunger und bin todmüde. Ich möchte nur ein Bad, eine Menge zu essen und mein Bett. Laß mich schlafen, so lange, bis ich von allein wach werde.«

»Mein Gott, Miss Eleanor«, rief Mattie, »gut, Sie hier

sind.« Sie nahm Eleanor bei der Hand, führte sie ins Schlafzimmer, half ihr beim Ausziehen und ließ das Bad einlaufen.
»Ich geben viel Erfrischungssalz ins Bad. Ihnen guttun. Lange im Wasser bleiben, Miss Eleanor.«
Halb eingeschlafen, so ruhte Eleanor im warmen, duftenden Bad. Endlich hatten ihre Figuren sie in Ruhe gelassen und waren verschwunden. Sie hatten sich davongemacht, waren singend, weinend und lachend abgezogen, irgendwohin, und konnten ohne ihre Hilfe weiterexistieren. Sie waren tauglich für ihr kleines eigenes Leben, ihr Bühnenleben.
»Es ist ein schönes Bühnenstück geworden«, gähnte sie verschlafen. »Es war viel Arbeit. Ich habe getan, was ich konnte.«
Erfrischt und gestärkt lag sie in ihrem Bett und sehnte sich nach Schlaf, ohne geweckt zu werden. Mattie zog die Jalousien herunter.
»Mattie«, sagte sie schlaftrunken, »wie spät ist es? Ich habe gar kein Zeitgefühl mehr.«
»Acht Uhr morgens«, erwiderte Mattie.
»Acht Uhr morgens. Um diese Zeit stehe ich sonst auf.«
»Jetzt Augen zumachen«, drängte Mattie. »Später ich bringen Hühnerfrikassee. Ich gestern schon kochen für Sie. Sie aber nicht kommen. Ja, Sie wünschen jetzt dunkel, jetzt Mitternacht.«
Es dauerte lange Zeit, bis sie aufwachte. Sie erinnerte sich verschwommen, daß Mattie einige Male an ihr Bett gekommen war, mit heißem Kakao und Rührei, doch sie hatte sie nicht wahrgenommen. Ihr Schlaf war traumlos, wie tot.

Nun war sie hellwach und klar, ihr Körper leicht und ausgeruht. Das helle Sonnenlicht eines Spätnachmittags drang durch die Jalousien. Sie wußte nicht, was für ein Tag heute war und schaute auf die Uhr – halb fünf.
Sie stand auf und zog die Jalousien hoch. Draußen war alles wie gewohnt. Autos fuhren durch die Straßen, Menschen hasteten im Sonnenschein, das Leben war weitergegangen, während sie im tiefen Schlaf gelegen war. Jetzt galt es, alles nachzuholen. Zuerst einmal Zeitungen lesen, sie wollte wissen, was es Neues gab.
Sie läutete, und als Mattie herbeigelaufen kam, mußte sie lachen.
»Ich bin wach, Mattie. Bring mir die Post und sämtliche Zeitungen und erzähle mir, wer mich besuchen wollte. Es kommt mir vor, als wäre ich in einem anderen Land gewesen.«
Mattie brachte einen Stapel Briefe und einen Stoß ungeöffneter Zeitungen im Streifband. »Miss Eleanor, kein Besuch kommen.«
Eleanor riß die Umschläge auf, überflog die Briefe und meinte lachend: »Es wird endlich Zeit, daß ich mir einen Schwung Freunde für den Lebensabend zulege.«
»Ja, Miss Eleanor recht haben. Andere Mädchen fragen, für wen ich arbeiten, ich sagen stolz: ›Ich arbeiten für Miss Eleanor Dane‹, und sie sagen: ›Oh, du haben schönes Leben!‹ – Und ich sagen, ›Ich? Warum? Ich viel allein ...«
»Ja, Mattie, ich weiß. Aber eines Tages ...«
»Kein Besuch kommen, nur Mr. Stenson. Einmal an Tür und fragen: ›Wie geht es Miss Eleanor?‹ – und ich sagen ...«

»Ah, Kurt. Vielleicht ist ein Brief von ihm dabei?«

Sie suchte unter den Umschlägen, fand aber nichts.

»Ich muß ihn unbedingt anrufen«, versicherte sie. »Gleich nach dem Frühstück, vorausgesetzt, ich kann jetzt noch frühstücken, Mattie.«

»So viel Sie wünschen«, brummelte Mattie und eilte hinaus. Auf das Frühstück wartend, sah sie die Post durch; es war nichts Besonderes darunter, Rechnungen, Verehrerpost, eine Menge Bettelbriefe, jedoch nichts von Leuten, die sie kannte. Ja, sie hatte recht, sie mußte sich endlich Zeit nehmen und sich einen Freundeskreis schaffen. Sie blätterte in einem englischen Wochenmagazin, das Kurt ihr regelmäßig schicken ließ. Seit Monaten hatte sie nicht mehr darin gelesen. Kurt war der Ansicht, es sei die einzige brauchbare Zeitung, in der nicht nur amerikanische, sondern interessante ausländische Nachrichten zu finden wären. Sie vermißte Kurt ein wenig, jetzt, da sie zur Ruhe gekommen war und Zeit hatte, über manches nachzudenken. Kurt war ihr einziger Freund. Sie mußte ihn nachher anrufen. Und genau in diesem Moment fiel ihr Blick auf eine Überschrift: »Hardinger Expedition gestartet.« Das war Kurts Expedition! Wieso, Kurt hatte das Land ohne einen Gruß verlassen? Doch sogleich fragte sie sich, warum sich Kurt verabschieden sollte? Vielleicht hatte er angerufen, und sie... Sie las schnell weiter: »Die Expedition verließ heute London, unter der Leitung von Franz Sobel. Bis zuletzt hatte man gehofft, Kurt Stenson, der bekannte Naturforscher, würde die Führung übernehmen, aber Mr. Stenson schickte von New York seine Absage.«

»Oh, Kurt!« rief sie. »So was Dummes!« Er war also nicht dabei! Eben noch hatte sie der Gedanke seiner Abreise irritiert, und nun war sie verärgert, weil er nicht ... sie war schon eine inkonsequente Frau! Sie nahm das Telefon, wählte und wartete. Sie ließ die Telefonklingel in Kurts schmalem Haus, das zwischen zwei Hochhäusern stand, beharrlich läuten. Er wohnte allein, nur mit Lars, dem alten Schweden, der ihn versorgte. Auch Lars meldete sich nicht. Sie hängte ein. »Sie sind beide weg«, überlegte sie und frühstückte zu Ende. Danach wählte sie noch einmal, aber wieder meldete sich niemand.
Sie wußte nicht, was sie davon halten sollte. Lars müßte daheim sein, er bereitete um diese Zeit Kurts Dinner vor. Lars war immer zu Hause, er haßte New York. Als sie einmal bei Kurt zum Tee eingeladen war, hatte Kurt ihr erzählt: »Lars möchte am liebsten überhaupt nicht auf die Straße gehen, noch nicht einmal, um mir ein Beefsteak zu kaufen. Er besticht lieber den Koch im Nachbarhaus, wenn er etwas nicht telefonisch bestellen kann.«
Lars nickte lächelnd. »Ich bleibe zu Hause, weil ich mich draußen nicht gut auskenne. Und wenn ich raus muß, finde ich nicht so leicht wieder hierher.«
Bei diesen Überlegungen überfiel sie plötzlich eine Unruhe. »Ich muß aufstehen«, entschied sie. »Ich werde selbst hingehen und mich vergewissern, was da los ist.«
Sie sprang aus dem Bett, duschte und zog ihr grünes Kostüm an, das Kurt so gern mochte, dazu die kleine braune Kappe. Sie sah wieder gut aus, erholt und ausgeschlafen. Diese Zufriedenheit stellte sich erst ein, wenn sie eine Arbeit beendet hatte, ein tiefer psychischer Frieden,

der mehr wert war als alles andere. Die Arbeit hatte sich gelohnt. Nächste Woche war Premiere, sie hatte kein Lampenfieber. Sie hatte ihr Bestes gegeben und kannte keine Gewissensbisse.

Schnell und unbeschwert ging sie durch die Straßen. Die erste Kühle des beginnenden Herbstes war noch in der warmen, aber untergehenden Sonne spürbar. Der Sommer war so schnell vergangen, daß sie es gar nicht bemerkt hatte. Sie wußte noch nicht einmal, ob es heiß gewesen war. Ob Kurt den ganzen Sommer über in der Stadt geblieben war? Er haßte den Sommer, vor allem in der Stadt. Er war Nordländer und liebte Schnee und Kälte. Ach, sie hätte ihre Arbeit unterbrechen und sich darum kümmern müssen, daß er gut weggekommen wäre! Sie hätte ihm zu seiner geliebten Expedition zureden müssen! Seit sie sich kannten, schwärmte er von der kleinen Blume im Himalaja, und ihr fiel jener Abend ein, als er bei ihr zum Essen war und erzählte: »Der Traum meines Lebens ist, eine bestimmte kleine blaue Blume zu finden, die im Schneemassiv des Himalaja wächst. Sie ist kaum bekannt, da man sie nur selten entdeckt. Eines Tages werde ich dorthin fahren.«

Sie stand vor seinem verschlossen aussehenden Haus. Sie ging die wenigen Stufen zur Eingangstür hinauf und klingelte. Niemand öffnete. Sie läutete noch einmal. Keiner kam.

So blieb ihr nichts anderes übrig, als wieder nach Hause zu gehen. Nach einigen Häuserblocks fühlte sie sich plötzlich erschöpft. Es war, als sei ihre Tatkraft entschwunden. Vielleicht war die eintretende Dämmerung schuld daran. Sie zählte zu den Menschen, die bei Ein-

bruch der Dunkelheit Traurigkeit empfinden. Kurt, der um ihre Unruhe zu Beginn des Abends wußte, pflegte sie oft um diese Stunde zu besuchen. Seine Anwesenheit milderte das quälende Zwielicht. Und nun war er fort, sogar ohne Abschied ...
Sie winkte einem Taxi, stieg ein und fühlte sich, während der Wagen durch die verkehrsreichen Straßen fuhr, wie ausgebrannt. Sie lernte dieses neue Gefühl schmerzlich kennen, es war die Einsamkeit. Und sie war einsam. Jetzt, nicht wissend, wo Kurt war, vermißte sie ihn sehr. Sie sehnte sich nach ihm wie nach einem guten Freund, den man erwartet hatte und der nicht gekommen war. Wüßte sie ihn auf der Expedition, würde sie sich kaum Sorgen machen; denn er wäre, wenn auch in der Ferne, bei seiner geliebten Arbeit, seinem gewohnten Leben, und sie würden sich wiedersehen. Aber jetzt... Sie kannte niemanden, an den sie sich hätte wenden können. Hatte sie auch seinen Heiratsantrag abgelehnt, so durfte er nicht einfach aus ihrem Leben verschwinden.
Während der Lift sie zu ihrer Wohnung hinaufbrachte, überlegte sie. »Natürlich wird er zurückkommen. Das gibt es nicht, daß Kurt am Leben ist und sich nicht bei mir meldet.« Sie fühlte sich erleichtert. Kurt würde ihr gewiß wieder einen Heiratsantrag machen, über den sie sich dann nicht mehr aufzuregen brauchte. Wichtig war ihr jetzt nur, daß es ihm gut ging und er wiederkam. Sie hatte eines kennengelernt: solange er erreichbar war, konnte sie ihn leicht vergessen, doch sobald er fort war, fühlte sie sich elend. Was konnte das bedeuten? Sie dachte über das Problem angestrengt nach, doch ihre

Gedanken wurden unterbrochen, denn Mattie stand mit großen Augen in der Tür.
»Miss Eleanor, auf Sie eine Dame warten. Ich nicht wissen, ob Ihnen recht. Ich ihr sagen ...«
»Wer ist es denn?«
»Ich nicht sagen will. Ich wissen, Sie ...«
»Wie heißt sie?«
»Miss Eleanor, sie sagen, sie sein Mrs ... Nein, ich nicht sagen will ... Ihr Name wie Name von Miss Eleanor! Sie sagen, sie heißen Mrs. Bainbridge!«
Eleanor ging rasch zur Wohnzimmertür und schaute hinein. Im Sessel saß eine junge blonde Frau und las in einer Zeitschrift. Sie blickte auf.
»Guten Abend«, grüßte sie zögernd und sehr leise.
»Elsa Freed!« sagte Eleanor betroffen.

III

Sie kannte Elsa Freed kaum und war daher verwundert, als Myra ihr eines Tages berichtete: »Eleanor, Hartley will diese kleine Elsa Freed heiraten.«
»Elsa Freed? Habe ich die schon mal gesehen?« war ihre Frage. Natürlich, so beruhigte sie ihr klopfendes Herz, natürlich würde er wieder heiraten.
Und Myra erklärte: »Erinnerst du dich nicht mehr an das junge blonde Mädchen, mit dem Hartley Silvester in unserem Haus getanzt hat? Es war – laß mich nachdenken – jene Silvesterfeier, an dem ich das tolle Abendkleid mit der venezianischen Goldmünze trug.«
»Ja, daran erinnere ich mich«, erwiderte Eleanor.

Selbstverständlich wünschte sie, Hartley wieder glücklich zu wissen. Ihr fiel dieser Tanz ein. In jener Nacht, bevor sie zu Bett gegangen waren, hatte sie ihn gefragt: »Was war das für ein nettes Mädchen, die mit dem blonden Haar?«
Hartley antwortete: »Ihr Vater ist der neue Direktor, der Nachfolger von Mr. Blackman.« Mr. Blackman war kürzlich gestorben.
»Findest du sie auch hübsch?« wollte sie wissen.
»So genau habe ich sie mir nicht angesehen. Myra bat mich, sie zum Tanz aufzufordern«, erklärte Hartley gähnend.
»Oh, sie war besonders hübsch«, widersprach Eleanor. »Und ich mag schöne Menschen.«
Sie erinnerte sich gern an das frische junge Gesicht, die klare Haut und an die großen blauen Augen. Sie hatte sich vorgenommen, dieses junge Mädchen einmal in einen ihrer Romane einzubeziehen und dieser Schönheit eine andere Seele zu geben. Und als Myra »Elsa Freed« sagte, fiel ihr diese Situation ein.
»Ich hoffe, sie ist nicht zu jung für Hartley«, meinte sie unsicher zu Myra.
Doch Myra lachte laut auf: »Eleanor, was bist du nur für eine komische Frau! Was geht dich das noch an?«
»Ich hasse Hartley ja nicht«, antwortete sie verlegen.
»Oh, Liebste«, beteuerte Myra, »um Hartley brauchst du dich nicht mehr zu sorgen, das versichere ich dir.«
Das war alles, was sie davon wußte. Als sie dann die Hochzeitsanzeige las, dachte sie einen bitteren Moment daran, daß nun eine andere Frau in ihrem Zimmer lebte, ihre Sachen gebrauchte, in dem Haus wohnte, das ein-

mal ihr eigenes war. Doch dann verschwanden diese Gedanken wieder.
Und nun saß diese Frau hier, in ihrem, Eleanors, Wohnzimmer. »Elsa Freed!« rief Eleanor nochmals.
Sie sahen sich beide eindringlich an.
»Ich war neugierig und wollte wissen, wer Sie sind«, gestand Elsa Freed. »Hartley sprach nämlich nie über Sie.«
Eleanor setzte sich und zündete sich eine Zigarette an. »Warum auch?« gab sie ruhig zur Antwort. »Ich bin ja weggegangen.«
Elsa schüttelte in jugendlich trotziger Manier ihr kurzes blondes Haar. »Ich habe mich oft gefragt, aus welchen Gründen«, sagte sie. »Denn er kann doch unmöglich alle diese Jahre vergessen haben.«
»Doch, das kann er«, erwiderte Eleanor. »Sie kennen ihn zu wenig. Er kann sehr gut vergessen, woran er nicht erinnert werden möchte. Sie dürfen beruhigt sein, von mir ist keine Spur in ihm zurückgeblieben. Er ist Ihr Ehemann – und ich weiß, er ist ein sehr zärtlicher Gatte.«
Sie rauchte in langen Zügen. Anfangs hatte sie Bedenken, ob es ihr gelingen würde, ruhig zu erscheinen. Aber sie blieb beherrscht. Sie konnte über diese beiden, Elsa Freed und ihren Ehemann, unbesorgt sein.
»Ja, er ist sehr zärtlich«, gestand Elsa Freed und legte nervös die Zeitschrift auf den Tisch zurück. »Sie fragen sich wahrscheinlich, weshalb um alles in der Welt ich hier bin«, brachte sie plötzlich vor. »Ich weiß, mein Besuch erscheint seltsam.«
»Warum soll er seltsam sein?« unterbrach Eleanor sie. »Ich weiß zwar nicht, warum Sie gekommen sind, aber

wenn ich etwas für Sie tun kann, sagen Sie es mir bitte.«
»Darf ich meinen Hut abnehmen?« fragte Elsa.
»Selbstverständlich.«
Elsa nahm ihren kleinen blauen Hut ab. Sie war ganz in Blau gekleidet, dieses zarte Pastellblau war Hartleys Lieblingsfarbe. Sie strich mit beiden Händen ihr Haar zurecht und zündete sich eine Zigarette an.
»Also«, brachte sie hervor, »ich möchte Ihnen sagen, warum ich hierhergekommen bin, Miss Dane. So nennen Sie sich doch, nicht wahr? Ich weiß das, weil ich alles lese, was ich von Ihnen entdecke.«
»Das ist mein Mädchenname, bevor ich heiratete«, antwortete Eleanor im ruhigen Ton.
»Ja, es ist ein schöner Name. Ich bewundere Sie, Miss Dane. Ihre Bücher sind fabelhaft. Das erste gefällt mir am besten, nur hätten Sie das Mädchen nicht sterben lassen dürfen. Beim Lesen habe ich derart geweint, daß Hartley mich abends fragte, warum meine Augen so rot wären, und ich eine Erkältung vortäuschen mußte. Ich mochte ihm die Wahrheit nicht sagen und habe Ihre Bücher versteckt. Es ist eigenartig, aber wir sprechen nie von Ihnen. Und dennoch weiß ich eine ganze Menge über Sie. Insgeheim habe ich schon einmal daran gedacht, ob Hartley Sie körperlich genauso geliebt hat wie mich.«
»Um Gottes willen!« Eleanor war betroffen.
»Oh, das macht nichts«, wehrte Elsa Freed mit großen erstaunten Augen ab. »Hartley ist ein wunderbarer Liebhaber. Ich möchte Ihnen nur damit sagen, wie uneingeschränkt meine Bewunderung für Sie ist. Ich könnte zum Beispiel auf Sie genausowenig eifersüchtig sein

wie … oh … wie auf die Königin von England. Meine Freundinnen glaubten zuerst, ich müßte eifersüchtig auf Sie sein. Aber das war ich nie. Ich weiß, Hartley liebt mich. Und ich habe auch meine Vorteile, oder nicht?« Sie sah Eleanor mit einem freimütigen Lächeln an.

»Ja, die haben Sie ganz gewiß«, versicherte Eleanor, denn es war kaum möglich, dieses Geschöpf nicht gern zu haben. Sie war sehr schön und noch so jung. Sie würde immer die Jüngere sein, denn Hartley …

»Trotzdem«, gestand Elsa Freed, »habe ich oft zu mir gesagt: ›Sie‹ – das sind nämlich Sie – ›sie ist der einzige Mensch, dem ich mich anvertrauen kann; denn sie allein weiß genau, wie mir zumute ist‹. Und wenn jemand Probleme zwischen zwei Menschen lösen kann, wie Sie es in Ihren Büchern beschreiben, der kann mir auch bei meinen Sorgen um Hartley helfen.«

Eleanor hielt erschrocken den Atem an. Was sagte dieses Mädchen? Welches große Problem wurde da an sie herangetragen? Sollte sie etwa einen Streit zwischen Hartley und seiner Ehefrau schlichten? Sie benetzte ihre Lippen und antwortete sehr gelassen: »Ich fürchte, ich bin sicherlich nicht der richte Mensch, um Ihnen zu helfen. Ich konnte mir ja selbst nicht helfen. Ich meine … ich wußte damals nicht, was ich tun sollte.«

»Aber Sie konnten wenigstens etwas – ich aber nichts«, unterbrach Elsa Freed sie. »Ich kann weder schreiben noch singen, noch sonstwie mir eine Karriere aufbauen. Sie hingegen haben ein solch wundervolles eigenes Leben. Man reißt sich um Ihre Bekanntschaft. Sie haben sicher viele Freunde. Ich aber habe nichts. Ich habe nur mich.«

Plötzlich tat Hartley Eleanor leid. Armer Hartley – sollte dasselbe ihm nochmals passieren ... nein, das wäre mehr, als sie ertragen könnte. Sie mußte diese Ehe retten, das war sie ihm schuldig.
»Vielleicht kann ich Ihnen helfen«, sagte sie einlenkend. »Dann müssen Sie mir aber sagen, was nicht stimmt.«
Elsa zündete sich eine neue Zigarette an und war bemüht, gleichgültig zu scheinen, doch ihre Hände und Knie unter dem engen blauen Kleid zitterten. Ihr Rauchen war reine Unsicherheit.
»Vielleicht war er zu Ihnen anders«, sinnierte sie. »Ich kann mir nicht vorstellen, daß er sich Ihnen gegenüber genauso verhielt. Sie sehen nicht so aus, als könne man Ihnen vorschreiben, was Sie zu tun haben.«
»Machte Hartley Ihnen denn Vorschriften?« Unmöglich durfte sie ihr irgend etwas über die Frau erzählen, die Hartleys Ehefrau gewesen war. Andererseits mochte sie nicht Hartleys Partei ergreifen. Zugleich wehrte sie sich gegen den Gedanken, in dieser Ehe, wenn auch nur schemenhaft, eine Dritte zu sein. Eleanor Dane – sie war einzig und allein Eleanor Dane, an die sich eine junge Frau ratsuchend wandte. Sie erhielt viele Briefe von jungen Mädchen, die sie baten: »Ich habe Ihre Bücher gelesen und hoffe, Sie können mir helfen. Ich bin verliebt, aber ...« Und hier war so ein junger Mensch.
»Er bestimmt ständig, was ich tun soll.« Elsas Augen standen voll Tränen, doch sie beherrschte sich. »Zuerst glaubte ich, es sei, weil ... nun ja, er war so verliebt in mich.«
»Und Sie? Sind Sie nicht auch in ihn verliebt?«
»Ja, natürlich. Manchmal bin ich sogar schrecklich ver-

liebt in ihn – manchmal ist es, als würde ich vor Liebe ersticken.«

»Wann hatten Sie denn zum ersten Mal dieses Gefühl?« Eleanor versuchte, sachlich wie ein Arzt zu sprechen, was auch gleich half, denn Elsa schluckte die Tränen tapfer hinunter.

»Zuerst merkte ich es gar nicht. Im Gegenteil, es machte mir sogar Vergnügen, daß jemand von mir derart begeistert war ... ich meine ... es war richtig aufregend, daß er alles an mir bejahte, selbst die geringste Kleinigkeit. Und ich war schrecklich verliebt. Er sieht doch gut aus, nicht wahr, Miss Dane?«

»Ja, das tut er«, bestätigte Eleanor.

»Jedoch nach einiger Zeit ... kam es mir vor, als wäre ich gar nicht ich selbst. Ich war auf einmal nur mehr Mrs. Hartley Bainbridge. Aber ich tröstete mich. So ist eben die Ehe, dachte ich und sprach mit meinen verheirateten Freundinnen darüber. Ihnen ging es ähnlich. Eine behauptete sogar: ›Die Ehe ist ein Job wie jeder andere auch. Ich muß Tom gegenüber ständig meine Pflicht erfüllen. Das ist der Preis.‹ Nun, das leuchtete mir ein, ein jeder hat schließlich seine Verpflichtungen. Ich dachte mir: Mein Job ist es, Hartleys Ehefrau zu sein.« Sie schaute Eleanor an.

»Ja?« fragte Eleanor.

»Aber nun, Miss Dane, habe ich meinen Job gründlich satt. Ich weiß nicht, was mit mir los ist. Nur ein Beispiel: Hartley hatte abends einmal eine geschäftliche Verabredung in New York, und wir fuhren gemeinsam hin. Ich sollte in der Zeit mit einer ehemaligen Schulfreundin ins Theater gehen und legte mir ein sonnenblumenfarbenes Kleid zurecht. Als Hartley dies bemerkte, bestimmte er sofort: ›Zieh das blaue an, Elsa. Es steht dir besser.‹ Am liebsten hätte ich widersprochen: ›Hartley, ich habe mich für das sonnengelbe entschieden‹. Ich schwieg aber und zog das blaue an. Wieder mußte ich nachgeben. Auch hätte ich gern mein Haar wachsen lassen, um es als Nackenrolle einzudrehen, aber er mag nur diese Frisur. Will er mich beim Abendessen außerhalb dabei haben, muß ich ohne Widerrede mitgehen, und jedesmal führt er mich mit den Worten ein: ›Das ist meine Frau.‹ Doch in Wirklichkeit fühle ich mich als ein Nichts.«

Ihre Augen standen wieder voller Tränen, die sie herunterschluckte. »Es ist stets dasselbe. Immer muß ich seinen Anordnungen nachgeben; wenn er es verlangt, muß ich mitgehen und die Frau darstellen, die er sich als Ehefrau wünscht. Miss Dane, ich beneide Sie so! Könnte ich mir doch auch meinen eigenen Lebensunterhalt verdienen, eine Wohnung nehmen und ich selbst sein!«

Das war Hartleys Frau – so sprach nun Hartleys Frau! Und was sollte sie darauf antworten?

»Das sind lauter Nebensächlichkeiten«, lenkte sie vorsichtig ein. »Erzählen Sie mir lieber, wie er sich sonst verhält. Ist er großzügig? Gibt er Ihnen genügend Geld? Kauft er Ihnen schöne Kleider? Dieses Kostüm, das Sie tragen, steht Ihnen übrigens ausgezeichnet. Es betont die Farben Ihrer Augen ... und erinnert mich an eine gewisse blaue Blume, die in den schneeigen Höhen des Himalaja wächst – genauso ist die Farbe Ihrer Augen.«

Elsa lächelte. »Ist das Ihr Ernst? Ja, es stimmt. Hartley hat es mir meiner Augenfarbe wegen gekauft. Er gibt mir

übrigens viel Geld. Aber Geld ist nicht die Hauptsache.«
»Nein«, stimmte Eleanor zu und schwieg für einen Moment.
»Gefällt Ihnen das Haus? Für mich war es der schönste Platz weit und breit, besonders abends, wenn die schweren Goldbrokatvorhänge im großen Wohnraum zugezogen waren und das Kaminfeuer gemütlich brannte.«
»Ja, natürlich gefällt mir das Haus«, stimmte Elsa fröhlich zu, »und auch der Garten mit den herrlichen Beeten voller Maiglöckchen unter den alten Eiben.«
»Und den Glyzinien«, ergänzte Eleanor.
»Ja, und der kleine Marmorbrunnen.«
»Hartleys Großvater hat ihn angelegt«, erzählte Eleanor. »Er hat auch den geflügelten Cupido aus Italien mitgebracht. Mir gefiel immer, wenn ich dessen Schatten im Wasser des Brunnens sah. Einen Garten vermisse ich hier sehr.«
»Ja, ich liebe den Garten«, versicherte Elsa.
»Ich damals auch«, überlegte Eleanor. Nach einer Weile fuhr sie fort: »Hartley ist auch sehr aufmerksam, finde ich. Wieviele Männer denken daran, ihren Frauen etwas mitzubringen? Zum Beispiel Bücher, die sie gern lesen, oder ihre Lieblingsblumen.«
»Vorige Woche schenkte er mir das hier.« Elsa beugte sich vor und schob den Ärmel ihrer elfenbeinfarbenen Seidenbluse zurück. »Es stammt aus China.« Es war ein Armreif aus geflochtenem Altsilber, verziert mit einem ungeschliffenen Türkisstein.
»Wunderschön!« freute sich Eleanor. »Und finden Sie nicht auch, daß er sehr amüsant ist? Er kann blendend unterhalten, was bei den meisten Männern nur der Fall

ist, wenn Gäste dabei sind. Und wieviel Spaß macht es, mit ihm zu reisen. Ich erinnere mich an ...«

»Oh, im letzten Sommer waren wir in Europa. Es war wunderschön!« berichtete Elsa aufgeregt. »Wir durchstreiften malerische französische Kleinstädte und fuhren nach Sizilien. Es war mein Wunsch, Sizilien kennenzulernen.«

»Ich war noch nie dort«, unterbrach Eleanor. »Sie wissen vielleicht, daß ich ein sehr zurückgezogenes Leben führe und sehr beschäftigt bin.«

»Wirklich?« verwunderte sich Elsa. »Ich nahm an, Sie wären lebenslustig und gingen dauernd zu Parties.«

»Nein«, widersprach Eleanor, »aber nein. Ich arbeite fast immer. Man kann nicht zu Parties gehen und gleichzeitig arbeiten.«

»Müssen Sie denn arbeiten?«

»Ich habe es so gewollt«, gestand Elsa. »Und außerdem muß ich für meinen Lebensunterhalt sorgen.«

Scheu erwiderte Elsa: »Hartley ... Hartley würde gern ... ich weiß, daß er Ihnen gern ...«

»O nein«, protestierte Eleanor, »ich kann unmöglich noch etwas von Hartley annehmen.«

Elsa starrte sie mit weitgeöffneten Augen an, doch Eleanor versicherte: »Ich wäre nicht glücklich, könnte ich mir meinen Lebensunterhalt nicht selbst verdienen. Wie Sie vorhin richtig sagten: jeder von uns hat seinen Job. Aber viele Freunde habe ich nicht – fast gar keine.«

»Das hätte ich nicht gedacht«, sagte Elsa leise. »Ich muß Menschen um mich haben. Ich gehe gern aus.«

»Mein Leben ist einsam, aber dafür intensiv. Ich arbeite, esse, gehe spazieren, schlafe ... alles allein. Auch meine

Abende verbringe ich fast immer allein. Selbstverständlich kenne ich viele Leute, die ich mir einladen könnte – aber warum? Sie kämen und gingen, und ich wäre wieder allein. Nicht die Leute zählen – es ist die Liebe und der Mensch, den man liebt und der einen wiederliebt.«
Im Zimmer war es still geworden. Elsa saß regungslos in ihrem Sessel.
»Ich finde«, fuhr Eleanor fort, »man muß sein Leben abwägen, und bei jeder Unzufriedenheit sollte man sehr genau Gewinn und Verlust ausbalancieren. Ein gesichertes Leben, ein Heim, ein Garten, Geld, schöne Kleider, und dazu all die Leute, die Wert darauf legen, Mrs. Hartley Bainbridge kennenzulernen, und obendrein: Liebe für das eigene Haus ... das ist wahrlich ein hoher Preis für einen Job, der am Tag noch nicht einmal vierundzwanzig Stunden zählt. Und für alleinstehende Frauen ist nicht viel Platz im Leben. Man mag uns nicht gern, Elsa. Zu viele von uns drängen sich auf einer Party zusammen.« Elsa blickt Eleanor ernst an.
»Tut es Ihnen denn leid, daß Sie nicht mehr an meiner Stelle sind?« fragte sie in voller Offenheit.
»Nein«, gab Eleanor aufrichtig zu. »Absolut nicht, denn ... ich habe mich seit langem entschieden. Aber Sie haben absolut keinen Grund. Sie haben keinen Beruf, der Sie drängt, oder doch?«
Elsa schüttelte den Kopf. »Nein, ich glaube ...«
»Lassen Sie mich zu Ende sprechen«, beschied Eleanor. »Ich bin ein ›Aussteiger‹, wenn ich so sagen darf. Sie aber nicht. Und seien Sie ehrlich, da Sie Hartley nicht hassen, können Sie wohl kaum einen besseren Job, kein besseres Leben finden.«

Elsa stimmte zu. »Sie haben recht. Ich hasse ihn wirklich nicht.«
»Na, also«, versicherte Eleanor. »Wenn Sie ins Büro gehen, wird Ihr Chef sehr bald die Stelle von Hartley einnehmen. Keiner von uns ist frei – Sie haben immer einen Chef – wo Sie auch sind. Und sind Sie selbst der Chef, ist es genauso schlimm, weil Sie nur zu gut wissen, was Ihre Angestellten von Ihnen denken.«
»Ich war dumm, ich sehe es ein«, gab Elsa zu.
»Sie gefallen mir«, meinte Eleanor. »Hartley kann sich glücklich schätzen.«
»Ich weiß, ich bin auch glücklich«, gestand Elsa.
»Das glaube ich«, fügte Eleanor hinzu.
»Ich muß jetzt gehen.« Elsa stand auf und setzte umständlich ihren blauen Hut auf. »So. Und vielen, vielen Dank.«
»Das ist nicht der Rede wert«, behauptete Eleanor.
Sie gaben sich die Hände und gingen zur Tür. Eleanor drückte auf den Liftknopf. Schweigend warteten sie. Als der Lift heraufkam, beugte Elsa sich plötzlich vor und küßte Eleanor auf die Wange.
»Ich wünsche Ihnen, nicht mehr so allein zu sein«, flüsterte sie.
»Oh, ich arbeite sehr gern und viel«, wehrte Eleanor lächelnd ab. »Ich habe kaum Zeit für mich selbst.«
Der Lift hielt, seine Tür öffnete sich und nahm sie mit hinunter. Eleanor ging in ihre Wohnung zurück, ein schwaches Lächeln umspielte ihre Lippen, sie wollte schreiben. Auf dem Weg in ihr Zimmer schaute sie in den Spiegel und stellte fest, daß sie älter aussah als sonst. Wahrscheinlich arbeitete sie zu viel. Warum eigentlich?

Kein Mensch arbeitet so besessen, es sei denn, er ist von Sorgen getrieben, hatte Kurt einmal behauptet. Doch kopfschüttelnd hatte sie geantwortet: »Ich bin nicht getrieben. Ich tue, was mir gefällt.« Aber warum fühlte sie diesen seltsamen Schmerz in der Kehle, in der Brust und auch im Herzen?
Spürte sie nicht auf der Wange den leichten Druck von dem Kuß, den Hartleys Frau ihr gegeben hatte? Sie nahm ihr Taschentuch und wischte ihn ab.
Am nächsten Morgen erwachte sie mit einem vagen Gefühl, als wäre gestern etwas Unangenehmes geschehen. Ein Sonnenstrahl fiel warm auf ihr Bett, aber ihr war, als läge eine Last auf ihr. Sie stand schnell auf. Sie hatte nichts falsch gemacht, sondern richtig gehandelt; denn sie hatte Elsa zu Hartley zurückgeschickt. Ihr Stück war fertig – heute nachmittag war Kostümprobe. Sie freute sich darauf. Ein schöner Tag lag vor ihr. Die Idee für einen neuen Roman hatte sie auch schon, und Elsa könnte darin eine Hauptfigur sein. Über den Charakter dieser Heldin war sie sich im klaren, doch über ihr Äußeres hatte sie sich noch keine Gedanken gemacht. ... Den Lunch könnte sie unterwegs einnehmen; denn sie hatte versprochen, zeitig im Theater zu sein, um sich vor der Probe einige Kostüme anzusehen. Was für ein schöner, ausgefüllter Tag! Dennoch beschlich sie beim Frühstück wieder dieses eigenartige Gefühl der Leere.
»Mattie«, sagte sie, in die Zeitung blickend, »wann hat Mr. Stenson zuletzt angerufen?«
»Ach, du meine Güte«, überlegte Mattie. »Ich nicht wissen genau. Vielleicht vor einer Woche.«
»Hat er nicht erwähnt, daß er wegfahren würde?«

»Nein, Madam. Er nur fragen: ›Wie geht es Miss Eleanor?‹ und ich sagen . . .«
»Wahrscheinlich werde ich bald etwas von ihm hören«, unterbrach sie und las weiter.
Es war lächerlich, nach allem, was sie zu Kurt gesagt hatte, jetzt diese Leere zu empfinden. Sie mußte sich an die Arbeit setzen. Aber die Story, die sie bereits im Konzept hatte, wollte nicht mehr recht gelingen. Sonst schrieb sie flüssig und gekonnt, mit wenigen Korrekturen, doch heute strich sie fast jede Zeile durch, radierte ständig, und die Figuren wollten kein Leben annehmen, ihr gelang einfach nichts. Schließlich schob sie ungeduldig das Manuskript beiseite. Sie brauchte eine Pause und hatte keine Lust mehr zu schreiben. Nach der Premiere wollte sie wegfahren, irgendwohin...
»War die Post schon da, Mattie? rief sie, bevor sie zum Lunch wegging.
»Nein, Madam«, kam die Antwort aus der Küche.
Na schön, dachte sie. Sie war albern. Sie aß zu Mittag, fuhr ins Theater und ging hinauf in die Schneiderwerkstätten. »Ich möchte mir gern die Kostüme ansehen, Mrs. Johnson«, sagte sie zu der Leiterin der Kostümschneiderei. Mrs. Johnson kam eilfertig herbei. Sie war früher eine gute Schauspielerin gewesen, aber nun, mit ihrem strengen, grauen Haarknoten, der schwarzen Schürze und ihren zerstochenen Fingern voller Hornhaut, sah sie aus, als hätte sie ihr ganzes Leben zwischen Stoffballen verbracht.
»Hier, bitte, Miss Dane. Sie wissen, laut Entwurf heißt es: ›Ein rotes Material, Taft oder schwere Seide.‹ Ist dieses Rot Ihnen recht? Die Zeit drängt, ich weiß, aber ich

könnte das Scharlachrot noch etwas einfärben lassen.«
Eleanor hielt das flammend rote Gewand in die Höhe.
»Nein, genau diesen scharlachroten Ton hatte ich mir vorgestellt.«
»Fein. Es paßt auch gut zu diesem blauen Kleid, das Sie für die andere Schauspielerin wünschten. Übrigens, wie gefällt Ihnen das Kostüm für die alte Dame, das Pinguinkostüm?«
Verblüfft stand Eleanor inmitten der vielen Kleidungsstücke ihrer Figuren. Seltsam, bisher hatte sie ihnen nur Gewänder aus Worten gewebt, und nun befühlte sie echte Stoffe und prüfte die wirklichen Farben. Sie erschrak: wie ihr eigenes Fleisch und Blut, so schienen die Figuren ihrem Buch entstiegen zu sein und hatten menschliche Gestalt gefordert. Für eine Weile vergaß sie alles um sich.
Als der Spuk vorüber war, schaute sie auf ihre Uhr und merkte, daß die Proben bereits begonnen hatten. Sie konnte das Theater nicht von der Bühne aus betreten, sondern mußte über eine Wendeltreppe in die Kellergeschosse hinunter, bis zu einer Seitentür, die in den Heizraum führte, entlang an Rohrleitungen, über eine gewundene Hintertreppe hinauf zur Pförtnerloge, und erreichte endlich den Zuschauerraum. Aus der Dunkelheit kommend, wurde sie von der hellerleuchteten Bühne gleichsam geblendet.
»Das mußt du anders bringen, ganz anders«, rief Mr. Bredon einer jungen Schauspielerin zu, die in dem blauen Kleid auf der Bühne stand. »Stell dir vor, dieses Mädchen, das du beneidest, das aber viel schöner und prächtiger ist als du, kommt nun in einem herrlichen ro-

ten Kleid herein und ...« Eleanor setzte sich schnell irgendwohin und war froh, daß das Theater leer war, denn zum ersten Mal sah sie ihr fertiges Stück. Ohne Kostüme hatten die Darsteller nicht ganz ihren Vorstellungen entsprochen. Aber nun – sie beugte sich vor ... Die Leere, die sie heute gequält hatte, war verschwunden. Sie sah dem Spiel zu. Es war gut, es gefiel ihr. Sie wünschte sich Zuschauer, um die versteckten Pointen zu testen, die sie hier und dort eingestreut hatte. Wirkte Mrs. Brace in ihrem schwarzen Satinkostüm, der Pinguinaufmachung, auf der Bühne genauso komisch, wie sie sich das beim Schreiben vorgestellt hatte? Der erste Akt ging langsam zu Ende, und der Vorhang müßte sich nun vor einem begeistert klatschenden und lachenden Publikum senken. Von den leeren Sitzreihen aus war ihr eine Kritik kaum möglich. Wie hatte sie mit Bredon wegen der letzten Sätze von Mrs. Brace gestritten!
»Wenn Sie unbedingt auf diesem Geschwätz bestehen«, hatte Bredon gesagt, »sollten Sie zukünftig nur für ein Provinzpublikum schreiben.«
»Ist das nicht allein meine Sache, was und für wen ich schreibe?« war ihre schlagfertige Antwort gewesen. »Mrs. Pinguin würde sich genauso ausdrücken.«
Schließlich hatten sie sich geeinigt, das Publikum entscheiden zu lassen. Gäbe es bei der Premiere an dieser Stelle genügend Lacher, dann hatte sie recht; wenn nicht, mußte sie diese Sätze ändern. In der Dunkelheit des leeren Theaters wartete sie ängstlich auf diesen Augenblick. Bredon, ebenfalls abwartend, hatte sich ihr herausfordernd zugewandt. Mrs. Brace – für sie blieb sie Mrs. Brace – trat bei ihrem Stichwort auf. »Kinder, mei-

ner Meinung nach...« Ihr Dialog begann. Eleanor hörte aufmerksam zu. Waren die Sätze nun komisch oder nicht? Sie hatte sie schon so oft gehört und konnte kein Urteil abgeben. Nun war der Akt zu Ende. Bis morgen abend also ... Doch durch das leere Theater erscholl plötzlich ein großes Gelächter, dessen Echo bis hinauf zur Galerie drang. Alle starrten angestrengt ins Dunkel. Dieses Lachen! Wer konnte sich erlauben ...

»Wer zum Teufel ...«, schrie Bredon.

Eleanor sprang auf. Kein Mensch auf der ganzen Welt konnte so lachen, nur Kurt. Niemand außer ihm war fähig, mit seinem Lachen ein ganzes Haus zu erschüttern.

»Kurt!« rief sie in die Dunkelheit hinein und lief durch die leeren Reihen. »Kurt, wo bist du?«

Da stand er, groß und undeutlich, in der letzten Reihe des Theaters, inmitten leerer Sitzplätze.

»Hier, meine Eleanor«, rief er ihr zu und kletterte wie ein langbeiniger Titan, mit großen Schritten über die leeren Reihen, bis sie endlich in einem Seitengang aufeinanderprallten. Der Vorhang war inzwischen gefallen, und hinter der Bühne ertönte aufgeregter Szenenwechsel. Keiner beachtete die beiden, nur Bredon rief aufgeräumt herüber: »Na, da hatten Sie schon heute Ihren Lacher, Miss Dane!« und eilte auf die Bühne.

»Kurt?« fragte sie erstaunt. Er hielt ihre beiden Hände. »Was machst du hier? Warum bist du nicht bei der Expedition?« Jetzt, da sie ihn wiedergefunden hatte, gesund, lebendig und genau wie sonst, ärgerte sie sich, daß er sich nicht beteiligt hatte, daß er hier und sie ohne ihn einsam gewesen war.

»Ich wollte mir dein Stück ansehen«, erklärte er strahlend. »Ich habe dich angerufen«, sagte sie, beschloß aber gleichzeitig, ihm nichts von ihrem Besuch bei ihm zu sagen. Er könnte sonst annehmen ...

»Ach, ich war viel im Klub«, berichtete er. »Lars erhielt ein Telegramm, sein Vater liegt im Sterben, und ich habe ihn gleich weggeschickt. Komm, setzen wir uns doch. Es ist ein fabelhaftes Stück, meine Eleanor. Ich bewundere dein Talent!«

»Lenk nicht vom Thema ab, Kurt«, erwiderte sie. »Warum bist du nicht bei der Expedition?«

»Sei still!« mahnte er leise. »Der Vorhang geht wieder auf!« Sie sah ihn an, und er sah dem Spiel auf der Bühne zu. Er lachte, hörte zu, schlug sich vor Begeisterung auf die Knie und lachte schallend. Er schien sie total vergessen zu haben.

Zwischen den Szenen unterhielt er sich mit Bredon, sprach mit den Schauspielern und wartete ungeduldig auf das erneute Aufgehen des Vorhangs. Im letzten Akt veränderte sich sein Gesicht, es war angespannt, denn das Mädchen im blauen Kleid mußte sterben. Selbst Mrs. Brace konnte sie daran nicht hindern. Das Stück war eine geschickte Tragikomödie. Man lachte, lachte, und plötzlich war man den Tränen nahe. Der Schlußvorhang fiel. Kurt, sein Arme auf den Vordersitz gestützt, seufzte laut auf.

»Ach ja«, sagte er, »das stimmt. So ist das Leben. Sie mußte sterben, diese kleine, Mitleid erregende Person.« Er erhob sich und griff nach seinem Hut und den Handschuhen.

»Kurt!« sagte sie. Sie fühlte sich plötzlich so verloren, daß sie ein wenig eifersüchtig auf das Wesen da oben

war, das sie geschaffen hatte. Und sie hörte sich fragen: »Kurt, wollen wir nicht gemeinsam zu Abend essen?«
»Ja«, antwortete er geistesabwesend. »Ja.«
Unterwegs faßte sie ihn am Arm. »Zu dieser Straße«, sagte sie. »Komm, wir gehen zu Monellis. Ich mag noch nicht nach Hause.«
»Ich sehe ein, daß sie sterben mußte«, stellte er fest.
»Es ist doch nur ein Bühnenstück«, wehrte sie ab.
Er schüttelte den Kopf und erwiderte gelassen: »Es ist das Leben.« Es klang wie ein Vorwurf. Er schätzte ihre Arbeit, die ihr das Wichtigste in ihrem Leben war, noch mehr ein als sie selbst, und dadurch fühlte sie sich nun irgendwie zurückgesetzt.
In ungewohntem Schweigen aßen sie in dem kleinen italienischen Restaurant. Kurt sprach fast nichts. Nur einmal legte er seine Hand auf die ihre.
»Was für ein Talent!« sagte er kaum hörbar. »Ich bewundere dich, Eleanor!«
»Nein, das darfst du nicht«, widersprach sie. Sein Lob kam einer trennenden Wand gleich; doch sie wollte nicht getrennt, sie wollte ihm nahe sein.
Wieder drängte sie: »Warum bist du nicht mit der Expedition gestartet, Kurt?«
Erstaunt sah er sie an. »Hätte ich dich verlassen sollen?«
»Warum nicht?« fragte sie mit demselben Erstaunen.
Er sah sie sehr ernst an. »Du weißt noch immer nicht, wie stark ich dich liebe«, gestand er. »Du kannst meine Liebe nicht begreifen. Ich weiß, was dir das Stück bedeutet.«
»Und ich weiß, was dir die Expedition bedeutet hat«, unterbrach sie ihn.

Er zwinkerte mit den Augen. »Der Himalaja läuft mir nicht weg«, bemerkte er. »Aber das Bühnenstück war zuerst an der Reihe.«
»Kurt«, hauchte sie.
Ein Lichtstrahl berührte wie ein beginnender Morgen ihr Herz. Liebe – die Liebe eines Mannes wie Kurt – das war entscheidend. Diese Liebe würde Bestand haben; denn ein großes Herz schenkt eine große Liebe.
Plötzlich sagte er: »Jetzt darf ich dich nicht mehr fragen, ob du mich heiraten willst, denn ich habe dieses großartige Schauspiel gesehen. Deine Bücher – das ist ein großer Unterschied. Die kannst du überall schreiben. Dazu hast du immer Zeit, und ich könnte dich nicht stören. Ich würde warten, bis du fertig bist und zu mir kommst. Doch nach diesem Stück, da ist mir klargeworden, wirst du weiter für das Theater schreiben. Und daher, mein Liebling, frage ich dich nicht mehr, ob du meine Frau werden willst. Aber ich werde immer für dich da sein. Für mich gibt es keine andere Frau als dich. Ich liebe dich viel zu sehr und möchte, daß du dir dein eigenes Leben nach deinen Wünschen gestaltest.« Er beugte sich über den Tisch. Sie starrte ihn an.
»Aber, Kurt«, versuchte sie zu protestieren, »und dein Beruf?«
»Der ist nicht so wichtig wie deine Arbeit«, entgegnete er. »Ich forsche, aber ich kann nicht gestalten. Eines Tages werde ich allein wegfahren und meine Arbeit erledigen, und dann kehre ich wieder zu dir zurück. Ich werde dich nie mehr bitten, mit mir zu kommen; aber ich bitte dich immer, zu dir zurückkehren zu dürfen.«
Sie hatte sich abgewandt. »Das hört sich an«, sagte sie

mit zitternden Lippen, »als würdest du dich verabschieden.«
»Nein, niemals!« rief er. »Wie kommst du darauf?«
»Ich weiß es nicht«, wich sie aus. Sie nahm ihr Taschentuch und wischte sich die Augen. »Ich weiß nicht, Kurt, wie ich mich entscheiden soll.«
Er zog seinen Stuhl nahe an sie heran, um sie vor den anderen Blicken zu schützen. »Du brauchst dich nicht zu entscheiden«, bestimmte er. »Es gibt keine Entscheidung, Eleanor. Dein Leben geht wie bisher weiter, und ich bleibe immer der gleiche, der dich liebt. Du darfst dich nicht aufregen.«
Ihr Leben sollte also wie bisher weitergehen – er war immer für sie da ... Das war auch ihr Wunsch, aber warum ängstigte sie der Gedanke an ihre Wohnung? Sie fand keinen Schlaf mehr, selbst wenn sie sehr müde war.
Ohne viel Worte nahm er ihre Hand, die schlaff in ihrem Schoß lag, und hielt sie fest, ohne Besitzanspruch und ohne Fordern. Plötzlich begriff sie: sie konnte ohne ihn nicht mehr leben.
Sie konnte auch nicht mehr arbeiten ohne die Erfüllung, die er zu geben bereit war.
»Kurt«, sagte sie und streifte ihn mit einem kurzen Blick, »willst du mich heiraten?«
Eine hektische Röte überzog sein Gesicht, mit großen Augen starrte er sie an, ließ ihre Hand los und zog rasch seinen Stuhl zurück.
»Was ... was?« stammelte er.
»Willst du mich heiraten, Kurt?« fragte sie wieder und fühlte sich innerlich erleichtert und entspannt. Sie mochte auf diese Liebe nicht verzichten.

»Vorsichtig, Eleanor«, warnte er, »sei vorsichtig, was du sagst!«
Kopfschüttelnd lachte sie ihm zu. »Bitte, heirate mich, Kurt.«
»Ich weiß nicht recht«, er war erschüttert. »Ich bin ... Damit habe ich nicht gerechnet. Es kommt zu überraschend. Ich habe mich in den letzten Monaten damit abgefunden, mein Leben ohne ... ohne dich zu arrangieren. Kann ich es noch wagen, dich zu fragen? Ich glaube nicht.«
Sie konnte kaum fassen, daß er es war, der da so vorsichtig und zweifelnd sprach. Mein Gott, er zitterte ja!
»Aber ich wage es!« bekannte sie.
Ihre Blicke trafen sich, und plötzlich mußte sie lachen. »Oh, Kurt, stell dir vor! Hier sitze ich nun, quäle dich, bitte dich, bedränge dich, mich zu heiraten. Und du willst nicht!« Für einen Augenblick war er unschlüssig, doch dann brach er in sein schallendes Gelächter aus, das sich mit ihrem Lachen mischte.
»Herr Ober!« rief er, »die Rechnung! – Komm, wir gehen nach Hause. Ich möchte dich küssen.«

Sie heirateten ohne Zögern. Worauf sollten sie noch warten? In ihrem Innern hatte nichts anderes mehr Platz, außer der großen, unsagbaren Freude, Kurt wiedergefunden zu haben. Noch ein- oder zweimal beschlich sie die alte Angst. Am ersten Morgen, in Kurts kleinem Haus, als sie zum Frühstück erschien, da spürte sie diese alte Furcht. Würde seine Liebe stark genug sein und für ein ganzes Leben ausreichen? Hartleys Liebe hatte ihre eigene Persönlichkeit nicht respektiert und in

ihr eine andere Frau gesehen. Doch Kurts warmer und unkritischer Blick hieß sie willkommen.
»Wie möchtest du die Eier, Eleanor?« erkundigte er sich.
»Wie möchtest du sie denn?« fragte sie zaghaft.
»Auf mich sollst du keine Rücksicht nehmen.«
»Dann möchte ich am liebsten keine Eier zum Frühstück«, antwortete sie. »Nur Saft, Toast und Kaffee.«
Er bot ihr Toast an, schenkte Kaffee ein und nahm sich reichlich Rührei.
»So!« sagte er zufrieden. »Jetzt hat jeder, was er will. Und nun, meine Eleanor, wollen wir Pläne schmieden.«
Gemeinsam begannen sie, ihre Reisevorbereitungen zu treffen, wobei er sehr rücksichtsvoll vorging. Er wußte um ihre versteckte Schüchternheit, und ganz vorsichtig lockte er sie, bis er sie sagen hörte: »Ich habe mir schon lange gewünscht, einmal Fjorde zu sehen.«
»Warum nicht?« pflichtete er bei. »Also, fahren wir dorthin.«
»Und ein schwedisches Gutshaus möchte ich kennenlernen«, setzte sie frohgemut hinzu.
»Ja, genau dort wartet meine Mutter«, rief er.
Wochen später, nach der Reise über den Atlantik, als sie auf dem schwedischen Gut seine kleine, aber zähe Mutter kennenlernte, da begriff sie bald, daß es diese selbstbewußte, runzelige Person war, die Kurt den Wert einer Frau gelehrt hatte. Er verlangte keine Unterwürfigkeit und war zu ihr als Ehefrau nicht gerade zuvorkommend, doch sie kannte seine Achtung der Frau gegenüber. Hatte sie zum Beispiel Mühe beim Fensteröffnen oder mit sonstigen Alltagsdingen, so half er ihr keineswegs, sondern stellte unbekümmert fest: »Warum soll

ich dir helfen, wenn du es selbst kannst?« Hartley hatte sich um solche Sachen sehr bemüht, doch zugleich ihre Seele eingekerkert.
Kurt ließ ihr völlige Bewegungsfreiheit. Als sie in dem kleinen norwegischen Hotel, in der Nähe des Fjordes, den Wunsch äußerte: »Hier möchte ich gern zwei Tage bleiben«, war er sofort einverstanden. »Dann bleib doch, meine Eleanor. Warum nicht?« Und fuhr allein beruflich nach Stockholm. Doch als sie diese Trennung nicht ertrug, fuhr sie ihm nach, nicht recht wissend, ob sie sich nicht über ihn ärgerte.
»Hast du mich denn nicht vermißt?« fragte sie ihn.
»Fürchterlich«, antwortete er. »Aber ich hatte keine Lust, dort länger zu bleiben.«
»Warum hast du mir das nicht gesagt?« fragte sie.
»Warum sollte ich dich damit belästigen? Du wolltest doch die Fjorde sehen«, gab er ruhig zur Antwort.
Sie begriff, daß diese Ehe dabei war, in einen Status der Unabhängigkeit zu geraten, und machte sich Sorgen. Dürfte eine Ehe derart selbständig sein?
»Sind wir nicht manchmal zu lange getrennt?« fragte sie besorgt.
»Das wird die Zeit schon lehren«, erwiderte er. »Was wir tun wollen, sollen wir auch tun.«
An einem Morgen im Juli erklärte er: »Jetzt ist es an der Zeit, daß ich zum Himalaja aufbreche. Das gesamte Material habe ich fertig, und die Jahreszeit ist günstig.«
»Soll ich mit dir kommen?« fragte sie.
Und er antwortete: »Das weiß ich nicht. Das mußt du selbst entscheiden.«
Voll zärtlicher Liebe blickte sie ihn an. »Hättest du ›ja‹

gesagt, würde ich vielleicht gezögert haben. Da du es mir aber überläßt, sage ich frei heraus: dieses Mal möchte ich mit dir kommen.«

»Man soll sich nie für etwas entscheiden, wenn es noch nicht spruchreif ist«, sagte er gelassen.

Er wirkte so ausgeglichen, daß sie versucht war, den Grund dafür herauszufinden. »Was hättest du wohl gemacht, wenn ich mich anders entschlossen hätte?«

»Ich wäre abgereist und hätte dich entsetzlich vermißt, jedoch deine Entscheidung respektiert.«

»Und wenn ich dich gebeten hätte zu bleiben?« bohrte sie weiter.

»O nein, Eleanor«, wehrte er ab. »Das kann ich mir nicht vorstellen.«

»Aber wenn ich dich dennoch gebeten hätte?«

»Ich wäre abgereist«, sagte er freundlich, »und zwar in dem Bewußtsein, daß du mich liebst, wie ich bin.«

Darauf wußte sie nichts mehr zu sagen. Das war ihre Ehe: ein fester Boden unter ihren Füßen, ein Dach über dem Kopf und der Himmel darüber. Sie unterließ weitere Fragen und erfreute sich der Ferientage.

»Auf Wiedersehen, Mutter.« Sie verabschiedete sich von Kurts Mutter.

»Auf Wiedersehen, lebt wohl«, winkte die alte Frau ihnen fröhlich von der Türschwelle zu.

»Sie ist ein netter Kerl, Kurt«, meinte sie. »Andere Mütter machen ihren Kindern den Abschied schwer.«

» Sie nicht«, gab er stolz zur Antwort. »Sie ist es gewöhnt, ihre Söhne aufs herzlichste zu verabschieden. Sie möchte uns nur glücklich wissen.«

Ihr Leben hatte neue Dimensionen bekommen. Die ihr

von Kurt eingeräumte persönliche Freiheit kam den riesigen Entfernungen gleich, die sie per Schiff und Flugzeug zurücklegten. Als sie Indien überflogen und die Ausläufer des gewaltigen Himalajamassives erreichten, war sie nur wenig überrascht von den kolossal emporstrebenden, schneebedeckten, eisgrauen Berggipfeln. An Größe konnte sie zukünftig nichts mehr beeindrukken. Die Freiheit schien grenzenlos.
»Shiva«, sagte Kurt, »Shiva, der große Gott, meditiert dort in jenen Bergen, sein wirres Haar vom Alter weiß.«
Und nach einigen Tagen in dem kleinen, aber gepflegten Hotel, das einem dunkelhäutigen Inder mit weißem Turban gehörte, brachte ihr Kurt das perlmuttfarbene Pony ihrer Träume mit den fröhlichen Worten: »Es hat auf dich gewartet!«
Neben seinem braunen Pony ritt sie auf ihrem perlmuttschimmernden Pony zu den ersten grünen Hängen und dem Fluß, einem Silberband gleichend, hinauf durch die Regenwälder voll stämmiger Eichen, deren Wurzeln mit Farn überwachsen, deren Zweige mit grauem Moos behangen und um deren Stämme sich dichtes wildwucherndes Weinlaub rankte. Immer höher hinauf ritten sie, vorbei an Edeltannen und Birken, jenseits der Bäume im Schnee, über eisige Ströme und gefrorene Bäche, sahen hinab auf die Bergtäler mit blumenübersäten Grasebenen, auf denen Schafherden weideten. Über und neben ihnen reckten sich zahlreiche schneebedeckte Gipfel zum Himmel. Ihr erster Abend im Schnee näherte sich. Die Sonne ging zwischen den Bergspitzen unter, blutrot und golden. Sie schlugen die Zelte auf, legten sich zum Schlafen nieder und standen mitten in

der Nacht auf und traten hinaus in die unergründliche Stille. Sie sahen den Vollmond, der über den Gebirgshorizont hinwegzuschweben schien. Später, in der beginnenden Morgendämmerung, erlebten sie den Sonnenaufgang, wie die Sonne ihre ersten Strahlen aussandte. Zum ersten Mal in ihrem Leben spürte sie die Faszination von Sonne, Mond und Gebirge, und erfüllt erlebte sie mit Kurt, wie sie Tag für Tag den Spitzen der schneebedeckten Gipfel näherkamen.

Und je höher sie stiegen, desto mächtiger wurde der Wunsch in ihr, den sie schon verspürte, als sie noch in den grünen, blumenreichen Gebirgsniederungen verweilt hatten. »Ich wünschte, ich könnte deine Blume finden«, hatte sie ihm gestanden.

Doch kopfschüttelnd hatte Kurt abgewehrt: »Die gibt es nicht hier unten, Eleanor. Die wächst hoch oben im Schnee, und ich glaube nicht, daß du mich so weit hinaufbegleiten wirst.« Sie hatte ihm keine Antwort gegeben, doch innerlich war sie überzeugt, so hoch wie er hinaufsteigen zu können. Als schließlich die Ponys nicht höher über die Gletscher klettern konnten und das Gepäck auf die Schultern der Gebirgskulis umgepackt werden mußte, sagte sie kein Wort. Kurt sah sie fragend an, aber sie lächelte nur. Könnte er höher hinauf, so vermochte sie es auch! Unter großer Mühe, in der dünnen Atmosphäre nach Atem ringend, kämpfte sie sich tagelang Stück für Stück weiter hinauf und hielt dabei, wenn auch erschöpft, fortwährend Ausschau nach einem Schimmer plötzlichen Blaus. Sie suchte angestrengt, ihre Augen liefen hin und her, je höher sie stiegen.

Und dann, an einem Morgen – war der Augenblick da. Die Nacht hatten sie im Lager verbracht und waren in der Morgendämmerung aus ihren Zelten gekrochen. Plötzlich bot sich ihnen eine ungeahnte Blumenpracht dar, auf der Schneedecke, neben den Fußstapfen, und auf nacktem, dunklem Felsgestein unterhalb der Gletscherriesen: Rhododendron, rot und rosa, Lavendel, malvenfarbige Primel, dunkelrote Erdbeerblüten, Iris und Anemonen, wilder blauer Rittersporn und halbverblühter weißer Flieder. Aber keine davon war Kurts Blume. Doch hier, im ersten Lichtstrahl der aufgehenden Sonne, wuchs sie zu ihren Füßen. Sie hatte, wie aus Gewohnheit, auf den Boden geschaut und sie entdeckt, tiefblau gegen den weißen Schnee.
»Kurt!« rief sie. »Schau! Hier zu meinen Füßen!«
Er kniete sich hin und kehrte mit bloßen Händen den Schnee weg.
»Die Blume!« flüsterte er. »Du hast sie gefunden, gefunden für mich!«
... Das würde sie niemals mehr vergessen, dachte sie am Abend dieses Tages und starrte zu dem gewaltigen Gebirgsmassiv hinüber. Am Nachmittag hatte ihnen ein Träger von der letzten Basisstation, wo sie die Ponys zurücklassen mußten, die Post heraufgebracht. Sie öffnete das Kuvert mit den amerikanischen Briefmarken, zog ein großes Blatt Papier heraus und las. Kurt beobachtete sie. Sie spürte seinen Blick.
»Bredon teilt mir mit, daß das Stück gut läuft. Er will es in die nächste Spielzeit übernehmen. Und ich soll ihm mein neues Stück schicken, sobald es fertig ist.«
»Fein!« antwortete Kurt. »Und was sagt dir dein Herz,

meine Eleanor? Sollen wir zurückkehren? Bist du bereit?«
Sie standen eng zusammen und schauten hinauf zu den schneebedeckten Bergen, die wie Ketten aneinandergereiht waren.
Frei und unbeschwert fühlte sie sich. Kurt hatte sie gelehrt, ihren Fuß auf den Pfad der Freiheit zu setzen. Den Anfang hatte sie allein gemacht, nun ging er mit ihr, neben ihr. Sie hatte sich vollends gewandelt. Sie war sie selbst, im Glück mit diesen Bergen.
»Ich möchte nicht zurückkehren«, hauchte sie. Er legte seinen Arm um sie. »Noch nicht, Kurt. Ich sage dir, wenn ich bereit bin.«
Ja, sie würde sich ihm anvertrauen und einmal sagen: »Ich möchte zurück an meine Arbeit.« Er verstand sie. Und mit Erleichterung konnte sie es ihm sagen, hatte sie doch seine Blume gefunden, die nun weiter blühte und gedieh – umgepflanzt vom Schnee in eine kleine Kiste, worin sie wohlbehalten den Transport überstehen würde.
Ihr Herz strömte vor Freude. Wie lautete doch die alte Ostergeschichte, die Kurt ihr einmal erzählt hatte? Von dem Mann, der aus Angst, sein Herz könnte vor Freude zerbrechen, dieses mit einem silbernen Band verschnürt hatte. Mit einem Lächeln wandte sie sich Kurt zu.
»Leg auch um mein Herz ein Band, Kurt. Es könnte sonst vor Freude zerspringen!«
Langsam schüttelte er seinen Kopf und beugte sich behutsam über sie, um sie zu küssen.
»Es bedarf keines Bandes, mein Liebling. Liebe bindet ohne Band!«